明
室
Lucida

照亮阅读的人

TANTEAR LA NOCHE
JUAN GELMAN

试探
黑夜

胡安·赫尔曼 诗选

[阿根廷] 胡安·赫尔曼 著

范晔 译

北京联合出版公司
Beijing United Publishing Co.,Ltd.

序一

对抗惯例的蜘蛛网

胡安·赫尔曼想让我在他的书前面写几句，作为同一祖国的同胞——在这里祖国这个词是在最深切的意义上使用，远远超出了地理归属的范畴。

从没有哪位朋友提出过这么难的要求，从没有哪位亲密的伙伴出于信任就这么把我逼到了墙角，就像此时此刻。正因为胡安是胡安而我是胡里奥；正因为这本书和它苦涩又明澈的力量让我无处可逃；正因为它的存在里包含了多年以来每一夜出现在我的梦魇里的东西，我一天天以写作者可怜的力量试图揭露和抗争的东西。我现在就想说清楚，我不是在介绍胡安的这本书，我只是在跟随这本书，就像我想要陪伴在胡安身边，在我们还有声音和气息之处，为的是有一天与胡安和其他许多的伙伴一起回到真正属于我们的地方。

或许我能给读者最好的建议就是，走进这些诗就像走上一条小路，随着道路拐弯和上行，在道路仿佛中止的路口停留又继续上路，就像每一首诗继续着前一首诗。每首独一无二的诗都诞生于全部的诗，最后一首照亮第一首就像第一首包含着最后一首，每首诗都是路上迈出的一步。随着小路前行就等于在一页页渐渐收获全部的景象，一瞬间令此前的步骤和最后的目的都剔透晶莹。但如果不从一开始就除去惯例的蛛网、成见的禁锢，我们无法真正上路。书中呈现出阿根廷近年来最具体的现实，但如果阅读时带着政治写作或常规斗争诗歌的条条框框，甚至把主流写作的标准照单全收，就无法看清这种现实。只有开放的阅读，让意义在句法成规或熟烂意象，在貌似深奥却已泯然于诗歌传统的隐喻或形象之外别辟蹊径，才能进入这诗歌的现实中，那正是字面意义上充斥着恐怖、死亡却也不乏希望的现实，我们今日阿根廷的现实。我们所有人都一样，意外遭遇一路上不断的越界，但只有敢于面对的人，以某种方式继续前行的人才配得上一本想要包容他们，包容我们所有人的书。

　　我知道这不容易。或许我们已经过分习惯了斗争诗歌直白地说出一切应该说出的话，即使说得优美，言说的节律仍是传统的，以戏剧性或抒情式的语言所传播的信息常常是肤浅的。或许在如今我们以为浅白便是有效，也有人把这一点当成了斗争诗歌的必要条件。是的，这并不容易，进入从第一行起就不同于流俗的诗集，它毫不留情地践踏我们头脑中的金科玉律，无视那些正音法的禁锢，颠覆我们被动接受的语法功用。当胡安把名词 dictadura（专制）变成动词，读者读到时的第一反应是吃惊甚至不无气愤，诗句似乎因印刷错误而变得丑陋，随即突然间，产生飞跃（我希望如此），读者发现了这比喻的精彩，它如此深刻地绑定于我们的现实，在其间一切都在被专制，在其间永续的意图直白到令人无法忍受，在其间我们将继续被专制，除非我们学会并应用词语和革命的无限反语言。这只是对被接受和可接受之物的不断否定中的一例，正是这种否定给胡安·赫尔曼的诗歌以无穷的感染力。在这里阳性词变为阴性，反之亦然，为的是把刻板思想的规条踩在脚下，在这里经我们被动使用的众多词语毫不犹豫地变为主动，诗歌不再是传播而是碰触，胡安和他的读者不再孤独而是各自追寻那条把我们引向自己的道路。

对于一个被夺去家庭的人，一个目睹了至爱的亲朋死去或消失的人，没有谁能消灭他身上对抗恐怖大全的意志，这意志是一种积极的反击，能创造新生。或许他诗歌中最令人惊异之处就是那种近乎不可思议的温柔，从那里可以更好地理解他抗拒的决绝和控诉的激烈，用镇静的低语召唤出众多影子，以词语长久爱抚未知的坟墓。每个昵称指小词，每个像哄眠或安慰般说出的名字，让不能止息的控诉变得更为炽烈，为那些无法计数的死亡，我们都像被系住脖子的信天翁，背负着这一切却不知怎样让他们从光的一侧归回。我也爱帕科，爱鲁道夫，爱阿罗多 *，爱许多人，而我只知道为他们哭泣；现在和胡安一起，通过胡安的诗歌，我能够以另一种方式接近他们，以他们更喜欢的方式。

因此也不必诧异于书中不断向大沉默发出的质问，正是在这沉默中淹没了那些挚爱的声音。胡安在追问，一个问题接一个，有些诗就只是提问。我感觉在这里，在不肯屈服于沉默的爱与反叛之上，还有一种包含我们所有人的存在理由，我们在今天也开始追问自己，追问这些年包围我们，打击我们

又令我们流散的命运。当胡安提问的时候也是在激励我们更清醒地面对过去，为的是以后更清醒地面对未来。我们没能及时地提出问题，那些问题剥除、凌辱，彻底撕碎了顺从和良心的外衣。我们没能在阿根廷真正的现实之镜中看见自己；如果说今天胡安·赫尔曼的诗歌为我们带来了什么，那就是一种态度，一种兼备反思与直觉的方式来寻找我们真正所是，摆脱时常自我毁灭的简化，那已经使我们远离自己太多。

这种态度不需要喊叫、呼求或谩骂；胡安的词语充满力量是因为没有停留于痛苦与愤怒的表层，而是进到深处，内心与生命的领域，从那里反思与行动可以重启，不至于再次没入喧哗与骚动。让耻辱与不幸的可厌核心重获活力：是的，还有可能存在奇迹的炼金术，只要能拥有"那应去之地和那必在的理式"*，就像在今天胡安的诗歌里。

胡里奥·科塔萨尔

（1981）

---

* 语出法国诗人兰波《彩画集》（又译《灵光集》），此处据王道乾的中译文。

序二

胡安·赫尔曼：密封存储的希望[*]

5年前在巴西任教的时候，我的朋友、波兰裔巴西诗人恩里克·斯耶维耶斯基教授送了我一套他主编的"世界诗人"丛书，选了若干位近20年来在全球颇具影响力的诗人，每人一册葡萄牙语译本配原文的双语小开本，做得非常精致、友善。这套书里的大多数诗人，比如法国的蓬热、波兰的米沃什、塞尔维亚的波帕，我多少还算熟悉，唯独阿根廷诗人胡安·赫尔曼，除了偶尔在一些英译的合集里瞅到过一两眼，基本还算是个陌生的名字。因为以前曾经学过一点西班牙语，对"二战"前后的西语美洲诗歌也曾做过一些功课，胡安·赫尔曼这个全新的"盲点"一下子勾起了我的阅读好奇心。用半生不熟的葡语对着更加夹生的西语读完了那本小册子

---

[*] 本文为胡续冬老师写于2009年的文章，是中文世界较早介绍胡安·赫尔曼的文章之一，为读者了解胡安·赫尔曼诗歌的特点以及成就提供了详细的背景和语境，经作者家人授权，收录于本书中。——编注

之后，我意识到我又找到了一个需要在以后长期跟进阅读的诗歌能量辐射源。

在胡安·赫尔曼之前，有四位 20 世纪的西语美洲诗人对中国当代诗歌产生过重要的影响：胡安的同胞、阿根廷诗人博尔赫斯，秘鲁诗人巴列霍，智利诗人聂鲁达和墨西哥诗人帕斯。这四位诗人虽然在西语美洲自身的文学史序列里同属于先锋派诗歌的行列，但每个人都各有其惊人的独特性：博尔赫斯善于把一切噩梦、书籍、迷宫、先祖都转化为既从容又迷惑的关于时间的"私学"，巴列霍以史无前例的语言强度和抒情加速度提升了饥饿和痛苦这两个母题的意义，聂鲁达可以用对一整片大陆说话的调门把爱情和革命统统变成俯瞰视角下的身体和风景，而帕斯则精于把激情本身处理成眩目的理智。

身为这四个"强力型"诗人的文学后裔，在胡安·赫尔曼的诗歌中或多或少地能够看到他从他们身上继承的诗歌遗产。他既有博尔赫斯在简洁中埋藏繁复的能力，又有巴列霍"我们罐装的灵魂"式的抒情压强；既有聂鲁达纵横捭阖的想象力，也有帕斯精准的思想爆破。而胡安·赫尔曼的写作至少有一个方面是这四位诗歌先辈所不曾涉及的，那就是把日常的具体性重新命名成布满孔洞的通风装置，一任广阔的虚空、莫大的悲凉从词语之间的孔洞中进进出出。譬如在《苹果》一诗里，他写道："果盘里放着一个苹果，/离开了天堂，它能做什么？/无人看见它苦涩的伤痕。/它问我：秘密/从那么多关着的门/去了什么地方"[*]，从果盘上一个小小的苹果入手，胡安·赫尔曼为我们展开的却是关于天堂、关于创伤、关于灵魂之中隐秘通道的通透的追问。

胡安·赫尔曼这种用结实的词语石块搭建荒漠上的通风装置、让虚空穿越而过的能力，和他集中体现了"20世纪症候"的复杂经历不无关系。他1930年生于阿根廷，但却是家里的唯一一个阿根廷人：他的家庭是因为东欧政局动荡刚刚移民到南美洲的乌克兰犹太家庭。拉丁美洲是一片盛产左翼文人的热土，和他的先辈巴列霍和聂鲁达一样，胡安·赫尔曼很年轻时就对共产主义有着强烈的认同，并于1955年创办了有着激进政治诉求的诗歌刊物《坚硬的面包》。1959年古巴革命胜利之后，他更是积极

---

* 本段诗歌译文与正文版本不一致，此处为尊重胡老师，保留其原来的译文。——编注

地把他的同代人（包括以"反诗歌"著称的智利诗人帕拉）关于"西语美洲新诗歌"的诗歌革新理念与左翼的"承诺文学"叠加在一起。由于反对独裁，也不赞同极端冒险的游击战，胡安·赫尔曼在1970年代被阿根廷军政府和他参与创立的阿根廷城市游击队同时判处了死刑，并从1976年起，被迫在国外流亡了12年。军政府的暴政给他的家庭带去了巨大的创伤：他的儿子和已有身孕的儿媳被捕而后失踪，直到1989年胡安·赫尔曼才找到儿子被秘密处决后的遗体，直到2000年他才与被收养的孙女重逢，而直到现在，他儿媳的遗体仍未找到。

今年4月中旬，胡安·赫尔曼作为2007年塞万提斯奖的获得者被请到了中国，分别在北大和塞万提斯学院做了两场对话和朗诵活动。在北大的那场活动给我留下的印象尤为深刻。或许是因为见证了太多的死亡，79岁的胡安·赫尔曼似乎避免去提及颇受媒体关注的写作与苦难的关系问题，反倒饶有兴味地回忆了1960年代他为中国的新华社工作的时候曾经两次来到中国的经历。他特别提到在他去井冈山旅行的时候，他看到了一个黑色小罐子，里面装着给红军用的盐。红军走了以后，当地的老乡把小罐子深埋在地下，他们坚信有朝一日红军还会回来，还会继续食用里面的盐。胡安·赫尔曼说，他在这个小罐子上看见的是和他在艰难年代里的诗歌相似的东西：密封存储的希望。

胡续冬

（2009）

目 录

小提琴及其他问题

（布宜诺斯艾利斯，1949—1956）

但愿有人能抓住你的尾巴

魔法-幽灵-雾气-诗歌!

只跟你睡过一次

然后就埋葬这恶习!

但愿有人能抓住你的尾巴!

墓志铭

一只鸟活在我里面。

一朵花在我血中旅行。

我的心是一把小提琴。

我爱过或不爱。但偶尔

有人爱我。也有些事情

让我高兴：春天，

紧握的手，幸福。

人就应该这样！

（这里安息着一只鸟。

　　　　　　　一朵花。

　　　　　　　　　一把小提琴。）

我残忍地承认：我有一个胃……

我残忍地承认：我有一个胃。
哦不，哦不。最好不管他。
昨天一只麻雀在我衬衫里诞生
今天我重新与一棵树约会。

但还可以证明我活着，
肋旁不缺急切的血。
饥饿先生钻进我的家
我不知道怎么赶他走。

哦不是这个，不。最好不管他。

让我疼痛的白桦树饱含天空
我记得是从田野捡来的。
今天我必须跟他说话。
他以为自己被遗忘了。

杂货店，电费，房租，
所有该付钱还没付的。
我会有个孩子，估计，十二月左右。
哦不是，不，最好不管他。

风在等我。现在是六月正冬天。
雨水专门下在我的鞋子里。
啊没有被吃掉的肉！
哦不是，不，最好不管他。

我在跟春天谈恋爱，
和我的妻子我的双手一起。
只要我一声呼哨敲敲额头
就能让我的小鸟飞起。

哦不，哦不。

　　　　　　　最好不管他。

最终

诗歌不是飞鸟。

        是飞鸟。

不是绒羽，空气，我的衬衣，

不，这些都不是。这些都是。

           是的。

我用一把小提琴砸向黄昏

想看看发生了什么，

我找石头去问有什么事发生。

但没有。没有。

        还是没有。

难道我忘记了那块手帕

那里沉默地回旋着一首老华尔兹？

我没有忘，看看我的脸颊

你们就能发现，不，我没有忘。

我忘记了那木马？

摸摸我里面的孩子你们就知道没有。

那又怎样？

诗歌是一种生存方式。

看看你身边的人。

爱吗？受苦吗？歌唱吗？哭泣吗？

要帮他们斗争，为他们的手，他们的眼睛，他们的嘴，为了用来亲吻和用来赠送的吻，为他们的桌子，他们的床，他们的面包，他们的字母 a 和字母 h，为了他们的过去——他们不曾是孩子吗？——为他们的将来，——他们不再是孩子吗？——为他们的现在，为属于他们的那一段和平，历史和幸运，为一段爱，大的，小的，悲伤的，快乐的，为一切属于他们的和被夺走的，凭什么夺走，凭什么？

于是你的生命将成为一条无法计数的河流，被称作佩德罗，胡安，安娜，玛利亚，飞鸟，绒羽，空气，我的衬衣，小提琴，黄昏，石头，那块手帕，老华尔兹，木马。

诗歌就是这个。

然后，写下它。

我们在玩的游戏

（布宜诺斯艾利斯，1957—1958）

我们在玩的游戏

如果让我选择，我会选
深知自己重病的健康，
生活在不幸中的幸运。

如果让我选择，我会选
不再天真的无辜
不洁生活的纯洁。

如果让我选择，我会选
用于仇恨的爱
以绝望为面包的希望。

就是这样，先生们
我赌上我的死亡。

和儿子在一起的诗（节选）

他第一次说出诗歌这个词

你知道时间吗，所有的时间，
在这个词和你的时间之间？

你知道空气吗，所有的空气，
在这个词和你的空气之间？

大海，或许，你知道，痛苦，
爱，大地，死亡，
你知道吗，
在这个词和你细细的线之间？

这个词到你这里好像魔法，
好像一种突然的老去？

这个词润湿你，用娇嫩的水

你的水，纯洁的，安静的水？

这个词用活泼的光给你加冕？
给你的声音里加入了甜面粉？

谁能说出会发生什么
当两个孩子亲吻。

一个人的守灵

（布宜诺斯艾利斯，1959—1961）

诗艺

在那么多职业中我选了不属于我的那种，

就像一个严酷的主人
它逼迫我工作，没日没夜，
在痛苦中，在爱中，
在雨中，在灾难里，
当温柔或灵魂敞开怀抱，
当疾病压垮了双手。

逼迫我选择这职业的是他人的痛苦，
眼泪，挥别的手帕，
在秋天里或火焰中的诺言，
相逢时的亲吻，告别时的亲吻，
是这一切逼迫我用语言，用鲜血工作。

我从来不是我的灰烬，我的诗行的主人，
是幽暗的脸庞写下这些，仿佛射向死亡的子弹。

冬天

爱过你之后，
你的腹部依然照耀黑暗，疲倦，
在房间里避难的夜。

沉默已为我们颤抖
好像这个穷人的冬天赤裸的脚，
在你的臂弯还留着被抛弃的一张张爱的脸，
爱过之后
我们回到火焰，怒气，不公。

在喘息如疯子的城市里
爱在低声数算
因寒冷而死的飞鸟，
牢狱，亲吻，孤独，日子：
还有多少天才等到革命。

小偷

在沉寂黑暗的夜里，
避开所有的人类或动物，
不发出声响，悄悄偷走
词语的火与火的词语
为自己，为所有人，为他永远不会懂得的爱
而冰冷的灰烬惩罚了他的双手。

诗歌的诞生

城市里没有阳光的清晨，

欢唱的清晨，

当树木在谈论秋天，

石匠彼此争吵，

汽笛，飞速的脸，吠叫，

它看见我离开充盈着海雾

或最后的九月中活跃的飞鸟

或爱情的流言，黄昏与钢琴

或一切必将死去仿佛虚无之物

因秋天将诞下爱情，

钢琴将以九月的脸吠叫，

诗歌将经过就像陌生动物在充盈着海雾的城市

那时候将响起词语的枪声，赫尔曼。

中华人民共和国11周年国庆游行

在北京的一条街道上有这种可能，
清晨与融在秋天里的工人一起走过
仿佛覆满了各色印迹，来自至爱亲朋，内心事件，飞翔，
以及攒动的人头，人头，
向着太阳在旗帜间涌去。

在十月之光里
另一种光点燃空中的黑暗：
一条柔情的河面对千门万户的天上和平，
我想说：一条胜利的河，
或者说：一条自由面孔的激流银光闪闪，
等于说：秋天鸣响好像被亿万只温柔的脚踩过，
确切地说：灵魂的轻柔展现
仿佛北京，仿佛旗帜，内心事件，面孔
以及革命。

戈探

（布宜诺斯艾利斯，1962）

戈探

那女人就像"休想"这个词，
有种非凡的魅力从颈项*升起，
有种能收揽目光的遗忘，
那女人在我的左肋下安了家。

当心当心我大喊当心
但她入侵就像爱情，就像黑夜，
我向秋天发出的最后信号
都安睡在她双手的浪涌。

在我里面爆发干脆的鸣响，
怒气，忧伤，摔得粉碎，
女士温柔如雨降
淋湿我孤独中滞留的骨头。

---

* 西语中"休想，决不"（nunca）与"颈项"（nuca）只差一个字母。

25

她离开时我颤抖得好像死刑犯，

一把飞快的刀子将自己了断，

我要花上全部的死亡来安顿她的名字，

那将是我嘴唇张开的最后一次。

三月三十一日

这个月结束了
儿子没有来
我的兄弟没回来。

这个月结束了而我没爱过你的双腿
没写下那首安大略秋天的诗
我想我想我想
又一个月过去了
我们还没有干革命。

看法

一个男人猛烈地渴望一个女人，

有些人觉得不好，

一个男人疯狂地渴望飞行，

有些人觉得不妙。

一个男人火热地渴望革命

不顾宪兵队的看法

他爬上干硬的规则之墙，

敞开胸口掏出

心脏，

为一个女人猛烈地搏动，

沿着世界的屋顶疯狂地飞行，

而一座座城镇起火，旗帜飘扬。

狂怒阉牛

（布宜诺斯艾利斯，1962—1968）

玩具

今天我给儿子买了一把猎枪

他已经跟我求了很久

我儿子知道钱不够

但一直请求并设计了家中厨房里的每个位置

等猎枪到了放在哪里

他做梦都在期待

为了看猎枪摸猎枪把猎枪变成另一个梦

不是为了拍虫子或打鸟或破坏墙壁小花小草

或者把月亮拉下自己的位置

我儿子想要猎枪不是为了这些小事

今晚我带来了猎枪

我写这些为了警告邻居以及整个世界

当天真如今有了武装能干些什么

必定要引发严重的混乱就像吓唬死神

必定要杀死阴影杀死

敌人以及冷漠的友人

捍卫正义

干革命

另外我还给女儿买了一张小床

她会在那里哄娃娃睡觉盖上小黄布

就像那天晚上我正要写一首诗

试图抓住那些人类美好之爱的最终面孔

不完美或完美就像一位阴暗的母亲

我凑近他们几乎聚拢那气息

炙热仿佛火焰脸对脸面对他们的火焰

倾听他们无声的颤抖

而我的女儿拉住我的手给我看娃娃

已经包好放在摇篮里

拿小纸片盖住画出来的眼睛让它睡觉

还亲了它的额头

对它说休息吧

于是我回到桌前在沉默中收起我的空白纸页

信

我给你写在一张小纸片上
从儿子作业本里掉下的
写着一天中牛一头午
加法和减法

这封我永远不会寄出的信
又开心又悲伤
当你读到的时候
你将非常温柔

因为我什么也没写
但有左边的蓝色
鸟儿歌唱

飞向你的影子然后沉默
圆睁着眼睛
好像夜里的记忆

另一个五月

当你背着你的秋天
经过我的窗前，五月
你比出光的手势
用最后的叶子

你想告诉我什么，五月？
为什么你如此悲伤或温柔在你的悲伤里？
我一直不明白但总是
有个男人在街上的金黄中独行

而我就是那个男孩
在窗后
当你经过时，五月
就仿佛蒙住了我的眼睛

那男人应该就是我
现在我想了起来

美好伴侣

这很普通 一只秃鹫处理我的内脏但并不吞吃也可
以说是爱抚或者拖出来让我最后的种种面孔见见光
"看看"他对我说"看看你都吃了些啥畜生"他对我
说 这美好的秃鹫

问题

既然你在我的鲜血中航行你了解我的界限你唤醒我
在一天的中间让我睡在你的记忆里你是我的狂怒是
我的耐心告诉我这是在干什么为什么我会需要你沉
默而孤单将我全身走遍你是我激情的理由为什么我
只想要自己充满你拥抱你消除你与你的小骨头混合
当你是抵抗遗忘之兽的唯一祖国

习惯

不是为了留在房里我们才建房子

不是为了留在爱里我们才去爱

我们死也不是为了死

我们渴望

又忍耐如动物

约翰·温德尔 * 的诗

（1965—1968）

XXXI

我观想人生中的若干事物但没有什么

比得上你双腿的风景

在那里青蛙和麻雀

成功杀死了一头大象

我发誓我没搞超现实主义那一套

更不会在这样的年纪整个灵魂都失灵

母亲和父亲都会下地狱

如果没有把行经的女儿嫁出去

你的双腿还有一只猴子

以及五百枚金币

用来买下筏驮摩那的城市

或者它的某些野兽

你的双腿是去了哪里

曾经走在美好的路上

羞红之前与大地玩耍

曾经充满了谎言充满了魔法和残忍

还有一朵莲花在手上？

LXXII

在威胁与许诺 毒药与洋艾酒的效用下

工匠们修建了国王的家

之后他们却不能休息因为

死神给了他们另一份工作

工匠们对死神说

别带走我们因为还有工作要做

要精修墙面还要

清除石灰的污点

木匠还得美化门扉

修正门框

粉刷匠还没完成粉刷

你怎么能现在把我们带走？他们说

但死神说

她需要一座跟这一样的宫殿并且

比这更美她想要工匠为她工作

开始把他们按行业分开

轮到希兰雅卡　工匠中最好的一位

他修造了众多著名的墙壁

要把他带到那边的时候死神问道

你的心在哪里？

你的心也得一起来

心不在，希兰雅卡回答

我的心在一个女人那里安了家

哦死神你可以在这个王国里

每一座房子里找到我的心的痕迹

在每一面我修造的墙上有我的心的痕迹

但我的心

在一个女人那里安了家

西德尼·韦斯特的诗

（布宜诺斯艾利斯，1968—1969）

翻译，是背叛吗？

诗歌，是翻译吗？

——白易白

悼念加勒格·本瑟姆

当加勒格·本瑟姆死掉的时候
发生了一个奇特的现象：
女邻居都对他充满仇恨仿佛土豆涨了价
气势汹汹大发雷霆开始抹黑他的记忆
仿佛加勒格·本瑟姆的使命责任或义务
就是成为不朽

而他生前小心在意
力求活得不完美以免激怒诸神
从不在意当个无心的好人
放荡享乐就像千万个魔鬼
毫无疑问魔鬼在夜里附身
逼迫他写下渎神的诗歌
损害自己的灵魂

就这样
他因自己的大方与多情而出名

"这就是加勒格·本瑟姆该死的倒霉蛋"女邻居们告
　诉自己的儿子
并用手指展示
但在夜里她们会梦见他
在夜里一朵奇特的云或手或丝绸
堵在她们的喉咙里 就这样梦见他

啊加勒格·本瑟姆伟大的父亲！
他的后代本可以组成一个个国家
如果他想有后代的话
如果不是因为他的诗歌
（诗歌不讨吃的就这么一点儿好处）

于是他就这么死了而人们
因为少了坏榜样的榜样而不安
或许感到失去了自己的某些自由
就派代表去采访加勒格·本瑟姆
不管怎么提问题
只听见蜜蜂的嗡嗡声在他身体里
仿佛他在酿蜜
或者酿更多的诗总是关于别的事

很难了解为何 Spoker Hill 的邻居会这样恨他

在一个秋天的早晨把他大卸八块让孩子们开心

女人的喉咙里不再有云团

也没有了床上的激烈补偿让丈夫吃惊

即使在最敏感的女人充满夜晚的梦里

曾经让风旋转让雨倾盆

Spoker Hill 所有的小树都干枯

只有皇家牛虻飞啊飞

环绕加勒格·本瑟姆或他最后的蜜

悼念史丹利·胡克的蛤蟆

史丹利·胡克在周四晚上来到 Melody Spring 手里有
　　只蛤蟆
"噢蛤蟆"他对它说"我亲爱的小蛤蟆必死的必须的
　　心形的蛤蟆
不会为有限性忧虑
不会被忧伤的愤怒状况干扰"他对它说道

"噢小骑士潮湿的歌咏者噢翠绿的小心肝"
史丹利·胡克对手里的蛤蟆说道
所有人都明白他爱手里的蛤蟆
不顾一切地理学社会学人口统计学气候学事件
不顾任何状况

"嗨朋友"他说"有生有死有白天黑夜有光有影"
史丹利·胡克说道"但我爱你蛤蟆
就像莱斯沃斯岛的那个女人爱早开的玫瑰
但我爱得更深你的味道更美因为我能闻到"

史丹利·胡克说着摸摸自己的喉咙

仿佛在刮开黄昏 它进去又深入并让他胸脯变得灰暗

灰暗的记忆丑陋的心

"嗨蛤蟆"他说着指地面给它看

"下面的亲戚也互不往来甚至不说话"

史丹利·胡克说"真是野蛮的悲伤"他说着面对人
  们的惊讶

人们闪亮的沉默

好像落山的太阳

那天晚上不出意外史丹利·胡克死了

死前狠狠地暴击他房间的墙壁作为自己的替代品

与此同时蛤蟆只有蛤蟆整个儿蛤蟆

继续过周四

这一切是真的：

有些人活得仿佛自己是不死之身

也有些人关爱自己仿佛真的值得

而史丹利·胡克的蛤蟆依然孤单

纪事

（布宜诺斯艾利斯，1971—1973）

如果坚忍能替代智巧的功用，

愿望能弥补实力的缺陷，那么在哪里

还能更清楚地看见真理，除了

用最简明的方式解释它？

——堂何塞·德佩利塞尔

托瓦尔领主，阿拉贡学者

要把词语深埋在现实里

直到它们与现实一同呓语。

——何塞·加尔万

信念

他坐到桌前写啊写

"凭这首诗你掌不了权"他说

"凭这几行诗你干不了革命"他说

"凭一千行诗你也干不了革命"他说

还不止：这几行诗并不能让

教师小工伐木工活得更好

吃得更好或让他自己吃得更好活得更好

也不能让哪个姑娘爱上他

凭诗歌挣不了钱

凭诗歌进不了电影院

没人会因为诗歌给他衣服穿

也换不来烟草和葡萄酒

鹦鹉或围巾或船舶都不行

也换不来公牛或雨伞

凭诗歌在雨中仍然被打湿

也得不到原谅或感谢

"凭这首诗你掌不了权"他说

"凭这几行诗你干不了革命"他说

"凭一千行诗你也干不了革命"他说

他坐到桌前写啊写

权力

就像一棵草就像一个孩子就像一只小鸟
诗歌诞生在这时代
在高傲者悲伤者懊悔者中间
诞生

能诞生在被权力审判的人脚下？
能在被枪决被拷打的人脚下诞生？
在背叛恐惧贫穷的脚下
诗歌诞生？

能诞生在被权力审判的人脚下
能在被枪决被拷打的人脚下诞生
在背叛恐惧贫穷的脚下
诗歌诞生

或许没有宽恕给高傲者悲伤者懊悔者
或许没有宽恕给屠夫鞋匠面包师

或许没有宽恕给任何人

或许所有人都注定要生活

就像一棵草就像一个孩子就像一只小鸟

诗歌诞生就被拷打

诞生就被审判诞生就被枪决

就诞生了热情与歌声

赤色

雨下在拉普拉塔河上

差不多三十六年前他们杀了费德里科·加西亚·洛
　　尔迦但是

这有什么关系

那些国外现实与这些国内非现实？或者说

有什么关系那些国外非现实

与这些国内现实？

我不知道这河流的灰线是否

　　就像切开天空的刀子

　　就像切开童年的刀子在阿苏尔

切开童年在圣菲以及共和国的其他地方

有时候不会休止或者从来都不休止

这是国家痛苦之一

可以确定在西边

那里的晚霞不是被太阳染红

是孩子的血染红了共和国的晚霞

萨尔塔的孩子图库曼的孩子小天使

的血蒸发或滴下被晚霞回收

每一天每一天每一天

而这与费德里科·加西亚·洛尔迦的死有什么关系

与费德里科·加西亚·洛尔迦被枪毙在 1936 年的格

　　拉纳达有什么关系？

难道说西边的晚霞在西班牙

不是被太阳而是被诗人

费德里科·加西亚·洛尔迦的血染红

每一天每一天每一天？

我不知道不知道

"孩子当心掉进河里！"费德里科·加西亚·洛尔迦

　　说道

"当他在水中消失时我明白了"费德里科·加西亚·洛

　　尔迦说

"在玫瑰里有另一条河流"费德里科·加西亚·洛尔

　　迦说道

但为什么他的血染红了

格拉纳达每一天每一天？

而阿苏尔圣菲图库曼萨尔塔的孩子

为什么染红了共和国的天空

在天空之下被遗忘或假装被遗忘？

为什么掉进河里消失

在水里奔向另一朵玫瑰的河流

脱离丑陋的贫穷？

这有什么关系

国外的现实与这国内的非现实？或者说

有什么关系那国外的非现实

与这国内的现实？

他们何时在图库曼杀了费德里科·加西亚·洛尔迦？

他们何时在阿苏尔圣菲萨尔塔枪毙了他？

荣光

"圣女露西娅"的老板娘是金发吗？眼睛是天蓝色吗？
唱起歌来好像百灵鸟吗？
眼睛里闪耀着白昼的荣光吗？
她就是白昼的荣光无比的光芒吗？

这都是些无用的问题在这个冬天
又不能扔进火里当柴烧
不能用来取暖在这个国家
不能用来温暖这个因鲜血而冻结的国家

凭借光芒的床单老板娘会用神圣的声音
美妙地打动周边发出邀请
她胸脯的香气和她胸脯的影子
让太阳落向潘帕斯草原而自己落向黑夜仿佛大幕

谁能不迷失在那黑夜？谁能不在那里流连
把自己的怒气化为老板娘创造的温柔？

足够讲上几天几夜这故事以及其他同样悲伤的故事
却不能焐暖这个国家一分一毫

难道特雷利乌*被枪杀的十六人的血没在流淌？
这鲜血在特雷利乌的街上和这国家其他的街上没在
　　流淌？
在这国家的哪一个地方没有这鲜血在流淌？
床单不都已经被鲜血浸泡得发黏吗恋人们？

老板娘不也充满了鲜血连她天蓝色的眼睛也溺毙在
　　鲜血里？
百灵鸟不也淹没在鲜血里和白昼的荣光一起
翅膀浸透了鲜血不能飞翔？
你胸脯的影子里没有鲜血吗亲爱的？

哪里没有特雷利乌被枪杀的十六人流出的鲜血？
不该去寻找吗？
不曾听到那血所说所唱的吗？
不是那血在说话或歌唱吗？

----

* 1972 年 8 月 15 日，阿根廷的特雷利乌发生政治犯越狱，最终只
　有 6 人成功逃离，另一组 19 人未能及时赶到机场被迫投降，在
　押送过程中军警开枪扫射，16 人死亡，3 人重伤。

谁又为它守夜？有谁为那鲜血守灵？

谁收回了关爱？谁给它以遗忘？

不是它正在闪耀就像星辰拴住夜幕的一角？

不是它发出光亮就像无声的军队在这国家的夜幕下？

如今真正用鲜血浇灌这国家

哦爱人十六个仍将飞翔散发芬芳

最终赢得的公义　为幸福而愤怒的劳作

哦鲜血就这样抛洒　请引领我们凯旋

就像她胸脯的百灵鸟落下

就像鲜血熄灭死亡

就像鲜血熄灭黑夜

就像太阳就像白昼

集会

女人坐在广场上没有屋顶
她有个五岁的孩子在广场上喊起来
在广场上敞开的天空下喊叫
二十天前孩子突然在天空下喊起来

这些叫喊在空中停了一瞬间就落下
没人看见没人在意或打湿来熄灭 / 寒冷
把它们弄皱吱吱响好像苦痛好像叶子
好像浅滩在广场上而与此同时

有人准备用一场集会来捍卫诗歌
打电话召集诗人
有什么在吱吱响或许在受苦勉强
被秋天盖住或是

女人的手捂住孩子的嘴或是
孩子的嘴喊叫冲着天空或是手

嘴和手的集会

来捍卫诗歌 / 从

嘴到手怎样的旅行?

叫喊最终扎下了根安静?

手又变回了泥土捂住

小可怜在白昼里的绝望叫喊? 有什么

将从嘴到手萌生? 植物? 怪物? 美?

之后将在世界上行走? 痛苦

之后将产生美? 这么多痛苦

有一天将产生美吗? 这

集会在沉默或闪耀的星辰下

沉默闪耀在傍晚如集合的星辰?

之后又将沉默将闪耀如星辰?

天空从嘴到手颤抖

就像屋顶为星辰为萌芽

为苦痛从孩子和那女人落下? 噢星辰

吱吱响就像广场上的叶子?

为了捍卫诗歌?

事实

（布宜诺斯艾利斯／罗马，1974—1978）

事实

当台上的独裁者或当值官僚谈论
如何捍卫当局制定的无序
他记下一行十一音节的句子或诗歌
诞生于一块石头与秋天闪光的相遇

外面阶级斗争在继续 / 野蛮
资本主义 / 辛苦劳动 / 愚蠢 /
压迫 / 死亡 / 警笛呼啸划破
夜晚 / 他记下十一音节诗

手法老练地分成两半
把更多的美装入一边
更多的美在另一边 / 合上十一音节诗 / 把
手指按在首字母上 / 扣紧

首字母瞄准独裁者或官僚
十一音节诗飞了出去 / 演说继续 / 阶级

斗争继续 / 野蛮

资本主义 / 辛苦劳动 / 愚蠢 / 压迫 / 死亡 / 警笛呼啸
　　划破夜晚

这事实说明任何十一音节诗都不能推翻（迄今为止）

独裁者或官僚哪怕

是个小独裁者或小官僚 / 还说明

一行诗可以诞生于一块石头与秋天闪光的相遇或者

雨水与一条船的相遇以及其他

没人能预测的相遇 / 就等于

诞生 / 婚礼 /

无尽之美的射击

无知

黑暗时代 / 光明时代 / 太阳

用阳光覆盖的城市

被骤然的警笛切开 / 警察在追捕 / 夜幕落下而我们

将做爱在这屋顶下 / 一个月里的

第八处 / 他们几乎知道我们的一切 / 除了

这石膏天花板

我们将在下面做爱 / 他们不知道的还有

前一处屋顶下的松木旧家具 / 以及

被黑夜敲打的窗户那时我闪耀如太阳 / 以及

床铺或地板

这个月我们在上面做爱 / 环绕我们的脸孔如太阳

用阳光覆盖城市

注释

（卡莱利亚·德拉科斯塔[*]/ 巴黎 / 罗马，1979）

---

* 卡莱利亚·德拉科斯塔（Calella de la Costa），西班牙巴塞罗那附近。

给爱德华多·加莱亚诺

给埃莱娜

注释（四）

对衰老的恐惧会老吗？
对死亡的恐惧会死吗？
我拿千万个死去同伴的
自我做什么？

我正在学会死中死吗？
或许我害怕他们 / 我爱的人？
我或许害怕你帕科 / 脸
就像一种人类的欢喜？

要么是我嫉妒他们？ /
要么是我嫉妒他们？ /
在一起仿佛我们现在
不必为自己和他人受苦？

但为什么我还要哭为你
为其他的你我人生的碎片？

或许我最终可以哭？

我最终终于可以哭出来？

注释（十四）

给胡里奥·科塔萨尔

你活着吗？／你死了吗？／儿子？／

你死而活又一次／又一天／就像

你活而死的这三年

在某个集中营里？／他们

对你做了什么／儿子／甜美的热度曾经

把世界变成孩子／给我的温柔以生命／儿子

仍未活完？／刚刚死去？／

我想知道是否他刚刚死去／诞生者 诞死者

每一刻／孩子

曾早早走在阴影里／声音

被摧残／眼睛

曾看见／小孩子从我的渴望中被夺走

直到他的碎片／他的渴／所有的渴

裹住他的心／

让他燃烧的同时 /

整晚都在敲打我的门

注释（二十）

我不要下到地狱 / 我向上

到我儿子那里他被囚禁

在他的善良 / 美好 / 飞行中

被拷打 / 被关押 /

被暗害 / 被消散

在这国家的痛苦中 /

有小火苗成长

在你双眼的大沉默里吗？ /

我听见黑夜行走

在你的碎骨上 / 疼起来 / 闻起来

像你被践踏的未成年 / 像

你有过的爆米花

你的声音闪荡

孤单小孩的声音在战争中 /

在半途 / 在纯粹痛苦的

荒凉外省 /

没人能再造的儿子 /

我敲打死亡的一扇扇门

要把你

从不该承受的事实中抢出来。

评注

（罗马／马德里／巴黎／苏黎世／
日内瓦，1978—1979）

给我的祖国

评注之二（圣德兰*）

凭借让我越界又跌落的爱 /
我周边所有膨胀的
小动物都以你的缺席
为食 / 或你的在场

让我变成孩子就像双脚踩着
悲伤在将要唱出者的边缘 /
仿佛伟大的凯旋而其中
我的灵魂都是你的辉映？

---

* 圣德兰（Santa Teresa, 1515—1582），又译圣特蕾莎，西班牙加尔
默罗会修女，神秘主义者和宗教改革家，著有《灵心城堡》《自传》等。

评注之十一（海德薇希[*]）

这种想与你一起孤独的渴望 / 爱

让灵魂成为囚徒 / 爱

滋养吞噬延伸灵魂 / 翅膀

从你到我 / 带着

你远离我 / 爱来了又去

给予由你而来的痛 / 由你而来的苦 / 甜蜜

你沐浴着我的碎片 / 拼合

在你的欢喜中 / 在那里歌唱

如夏日是与你分离的

流亡 / 国家或狂热 / 小棍

搅拌悲伤和快乐 / 爱

好像一个孩子闭着眼睛

---

* 海德薇希（Hadewijch），即布拉班特的海德薇希，13 世纪修女，神秘主义者。

裹在他的勇气里 / 或自由

在你的牢狱里 / 美好的爱

献出自己的爱为了让爱

通过爱懂得爱

评注之二十八（圣十字若望[*]）

许多种记忆的方式

从你上升 / 内在的潮涌 /

或运动仿佛诸天世界

都环绕你 / 在你里属于你 /

在你的大地上我站立 / 伸展

身体好像小根苗

被你的记忆遮蔽

抵御黑夜动物的危险

当你在远处发出响声

陌生者在你里 / 从你到你 /

或者你梦见自己在我的记忆里

而我的记忆在梦中记起你 /

---

* 圣十字若望（San Juan de la Cruz, 1542—1591），西班牙加尔默罗
会修士，神秘主义诗人。他留下的寥寥几篇诗作被后世誉为西语
抒情诗歌的巅峰。

或者我认出就像我记起

你的面孔在每张面孔

就像你的光辉 / 你的眼神

我在其中看见自己被记起

引用

（罗马，1979）

给我的祖国

引用之二（圣德兰）

怎可能活生生经历

这失败的同时 / 你的友爱

将我灵魂医治？ / 你

怎样安慰我又爱我 / 让我敞开

面对艰难的死亡 / 你说出

伤人的词语仿佛乳汁

然后喝下仿佛羊羔 /

你大能的羔羊？

引用之十五（圣德兰）

在这地方有一位女士 /
你的灵魂烧灼我的甜蜜
记忆关于你 / 仿佛狂野的
动物向死亡冲去 /

喜悦中我靠光芒生存 /
仿佛激情敞开的片段 /
或许与你燃烧我
的光不同 / 或斑鸠在安栖 /

我无可救药地热爱的身体 / 一切思虑
从你到你 / 周游遍历你
来对抗我们明知
活着的恐惧
在这沙粒的孤独中

公开信

（巴黎／罗马，1980）

给我的儿子

IV

我的灵魂垂着头燃烧

在你的名字里蘸湿了一根手指 / 写

你的名字在黑夜的墙上 /

毫无用处 / 严重出血 /

灵魂对灵魂看着你 / 成为孩子 /

敞开胸口迎接你 /

怀抱你 / 联结你 / 重生你 /

你的小鞋子踩在

世界的受苦场温柔了它 /

被踩踏的明亮 / 解体的水

你说话的样子 / 爆裂 / 燃烧的样子 / 喜欢的样子 /

你给了我你所有的"不再"就像个孩子

XVI

击打着爱情 / 控制住悲伤 /
我从太阳到月亮 / 一路上受造物
好像你的见证者 / 你一定注视过
他们 / 因为身上都披戴着你的

形象 / 或者说变得美丽 / 温柔就像
那时你悲伤注视着夜幕降临 /
不愿入睡只想做梦 /
用两只小拳头拉扯着夜色

XX

灵魂早早开始疼痛 / 苍白 /
在游移的光里探索你的不在 /
心带着伤痛升起 /
周游天空好像太阳 /

整天寻找 / 天天寻找 / 燃烧
冻结 / 仿佛骨头在
脱节散架 / 或说不出的词

我在其中拼命与死亡竞速 /

灵魂你谐和了和谐
全世界的宽度只是勉强
穿过 / 打破 / 悲伤了
你留给我的一切 / 徒步的黑夜

1976 年 8 月 24 日

我儿子马塞洛·阿列尔和

他怀孕的妻子克劳迪娅

在布宜诺斯艾利斯

被军事特遣队绑架。

就像千万桩其他

案例一样，军人独裁政府

从未公开承认

这些"失踪者"。仅称之为

"永远下落不明"。

只要我一天没见到

他们的尸体

或杀死他们的凶手，我就绝不放弃

不把他们当成死人。

在他乡的雨中

（一次挫败的注脚）

（罗马，1980）

我写的这个题目没人喜欢。

我也不喜欢。

有些题目没有任何人喜欢。

———白易白

土是土，泥是泥，而

陶匠研土抟泥。

由此他知晓了双手的美丽，

这美丽来自土与泥。

———宾伽罗大师 *

I

还原过去发生的事很难，记忆的真相与真相的记忆彼此争斗。岁月过去，死人和仇恨堆积下来，流亡是头奶牛出产毒奶，而有些人似乎靠此生存。

在阿根廷的流亡殖民地，政治冷漠与其他冷漠一样盛行。无论你是否工作，是否学习，是否掌握所在国的语言，是否重建了生活。女人们经过就像河流，无论你是否爱过，是否留恋。

自我摧毁的需要与活下去的需要彼此争斗，好像两个发疯的手足兄弟。我们把衣服收进衣柜，却没有收起灵魂的行李。时间过去，否定命运的方式就是否定所在的国家，否定它的人民，它的语言，拒绝这一切仿佛拒绝截肢的特定见证者：我们的故乡在远方，这些外国佬哪知道故乡的声音，故乡的飞鸟，故乡的哀悼，故乡的风暴。

他们与我们完全不同。他们并不真正在乎我们。

他们没经受过我们所经历的不公。最有同情心的人也因我们而尴尬。这是他们的问题，却让我们经受。仿佛外国人之间的对话关于某种表面看来可理解的东西——某些人的痛苦——总被掩盖在另一些人的羞耻，天真，家长作风，习俗中。

我们永远不会达成一致。我们会一次次不公正，把谦卑当作高傲，审慎当作缺乏承诺，不愿冒犯当作不愿了解。

我们就是得了这样的病。我们会寻找认同，在马德里普拉多博物馆，罗马圣母大殿，巴黎护城广场，墨西哥城改革大道，加拉加斯的电梯，伦敦海德公园。都是些愚蠢的认同，也愚蠢地短暂。奇迹易逝，痛苦留存。就像灵魂的火，留存。

留存。

不是同一片天空吗？不是同一片天空。南十字星座只在南方。不是同一个太阳吗？不是。不也照在布宜诺斯艾利斯吗？是的，但在几小时后，当我已经不在的时候。另一片天空的颜色，他乡的雨，我童年时没见过的光。

露水的声音就像露水的声音。一根小舌头舔过将这些声音区分，分离。我南方的露水或彗尾或结晶的黎明在争斗的胸膛之上。露水不会同样落在欧洲共同市场，那最共同的市场。

　　所有的人都是人，能在我里面的也应该能容在他人里面。反之亦然，因为所有的人都是人。是人，我们就能彼此相容。让我能容下周围的奇怪世界，它合理的利己主义，它停车计时般精确的体面，它对消费的忠诚，它精致的野蛮个人主义，它悲伤的爱，卫生学的肮脏。我能献出的只有光线来照亮为幸福的斗争，死亡的种种慷慨，就是说，生命的慷慨，幸运的爆裂声，这暂时的挫败。

　　让我们拉起手来翻开土地。或许生出一种长着两张面孔的植物，需要这两边的水，从同一种孤独望向两种距离。于是我们将在一起，真正在一起。

1980—5—9

X

　　流亡，你本可以更容易承受，要不是有那么多流亡教授，流亡社会学家，流亡诗人，流亡怨夫怨妇，流亡学生，职业流亡者，这些好灵魂手里捧着小天平称量加减，余数，距离的除法，这 2×2 的悲惨。

　　一个人除以二得不出两个人。

谁这么大胆子，在这种情况下，把我灵魂乘以一。

XII

我父亲来到美洲时一只手在前一只手在后，不让裤子掉下来。我来到欧洲时一个灵魂在前一个灵魂在后，不让裤子掉下来。但是有区别：他去是为了留下，我来是为了回去。

但是有区别吗？我们两个去了，回来了，没人知道我们还会去哪儿。

爸爸：你的头颅烂在我出生的土地，象征着全世界的不公义。因此你很少说话。不需要说话。至于其他——吃，睡，忍受，生孩子——都是必要的，自然的经营，就像填满生活的记账本。

我永远不会忘记你，在饭厅的黑暗里，转向你源头的光亮。你和你的土地说话。实际上，你从未打那土地里拔出灵魂的脚。沾满泥土的脚好像巨大的沉默，铅块或光芒。

XVI

本不该把人扯离他的土地或国家，不该强迫。

人会痛苦，土地会痛苦。

我们一出生就被割断了脐带。我们被放逐却没人割断我们的记忆，语言，热度。我们被迫学习像空中康乃馨一样生存，只属于空中。

我是一棵怪物般的植物。我的根在数千公里之外，并没有枝茎连接，有两片海和一个大洋将我们分开。太阳望着我时我的根却在黑夜里喘息，在太阳下因黑夜而痛苦。

XX

给塞萨尔·费尔南德斯·莫雷诺 *

在欧洲这边时间是连续的，没人会穿明天穿过的衣服，没人去爱昨天将要爱的女友。

在我的国家，卡洛斯用一根扫帚苗杀了独裁者为了让他长久，帕科甘心献出生命为了让一切改变，所有的未来都曾在记忆中燃烧，而过往是有待发现的大陆。

---

* 塞萨尔·费尔南德斯·莫雷诺（César Fernández Moreno，1919—1985），阿根廷作家和评论家。

在这边没人清洗自己母亲的尿布，也没有哪个老人会在摇篮里开枪自杀，没有疯子去打断没有嘴的独臂人，获许可的死人，不说"看"而看见的盲人。

XXIII

观看流亡的人被流亡吞噬。他尽可以谈论流亡，但做不到谈及自我。仅限于观看的人不知道饥饿，不记得自我，不记得自己的根，忘记了自己的母亲，只知道追寻消息。最糟糕的情况发生了：他不再有欲望。

欲望是需要，需要改变被观看者，去融合，去献出。只有这样我才认识你，认出你，流亡，而你也认识我。

XXVI

实际上，让我痛苦的是挫败。

流亡者是住在孤独里的租户。他们可以修改自己的记忆，背叛，不信，和解，死亡，得胜。如果是最后一种情况，他们会彼此看着对方的脸仿佛那是自己的脸：充斥着叛徒，不信者，和解者，死人，也有心怀信念死去的同伴，在黑夜里燃烧，重复着他们的名字不让你睡觉。

都不让你安睡为了让你看见分隔的距离。

咯吱作响的是骨头，你的骨头。

响就响吧。

向南方

（罗马，1981—1982）

其他地方

你听见了吗 / 我的心？ / 我们走
带上失败去其他地方 /
带上这头动物去其他地方 /
死人去其他地方 /

不要出声 / 保持安静 / 甚至
听不到他们的骨头的沉默 /
他们的骨头是蓝眼睛的小动物 /
温顺地坐在桌旁 /

不小心蹭到痛苦 /
没说一个字提到他们的枪伤 /
他们有一颗金色的星星和一枚月亮在嘴里 /
出现在爱过之人的嘴里 /

他们传播自己梦想的消息 /
擦去他们的眼泪用一块小手帕仿佛洗掉痛苦 /

仿佛不愿意弄湿 /

为了让痛苦爆发燃烧并落座再一次思考 /

我们走 / 我的心 / 去其他地方 /

多糟糕你不能从悲伤中拔出双脚 /

即使是悲伤在亲吻紧握步枪而得胜的手 /

他有心并在心里藏着一个女人和一个男人像老虎在

　　南方的天空中经过 /

一个女人和一个男人像笼中的老虎困在南方的记忆里 /

同时亲吻永远不会长大的小孩子 /

永远不会再成长的伙伴此时把大地

与空气缝在一起 / 缝住你的心 / 和它的动物们 /

我们带着这只狗去其他地方 /

我们没有权利打扰别人 /

我们唯一的权利是重新开始

在庄严的日光下 /

天空的界限已经改变 /

此时充满了相拥的身体

献出怀抱安慰和悲伤

有一颗金色的星星和一枚月亮在嘴里 /

有一头动物在嘴里望着闪光
来自小伙伴他们播撒自己的心
又举起自己燃烧的心
好像一个亲吻的民族 /

你是

你是咸的 / 当我亲吻

你肌肤上的寂静海 / 我听见嘀嗒声 /

报出的时刻与我们这里

完全不同 / 那些时刻带给我栖息

在你声音里的飞鸟 / 水的飞鸟 / 云的飞鸟 /

静卧在海底深处的鸟 / 敞开

所有小街巷在其间降下

黑夜的星辰 / 就这样开始了一天 /

每一天都是这样开始 / 星辰降下

为保护伙伴们的骨头 / 拾起

燃烧的伙伴的一块火炭 /

伙伴的一个清晰的梦 /

为了离开 / 再次星辰 / 在黑夜里写着

"胡安的伙伴们听见了太阳的声响 /

他们在太阳之下发出的声响 /

互相伙伴 / 太阳般沉默" /

一天开始

从一颗火热的心 / 燃起火来

在沉思中 / 手肘 / 暗影

张开眼睛在你的海中 /

你是我所爱的而我躺在南方的伙伴们 / 在期待

星辰夜复一夜 / 白天的冒险 /

一个男孩散开他的白发在你头上 /

女人你在全世界分发我的灵魂 /

伙伴们任凭他们的勇气落下如秋天 /

在每一片叶子写着一颗陌生的心 /

从每一片叶子将升起一位伙伴

他绑住星辰好让你爱我 /

向南方

我爱你 / 女士 / 就像爱南方 /

一个清晨从你的乳房升腾 /

我轻触你的乳房我触到一个南方的清晨 /

一个清晨仿佛两种芳香 /

从一种芳香诞生出另一种 /

抑或你的乳房像两种欢乐 /

从一种欢乐归回死在南方的伙伴 /

建造起他们坚实的明亮 /

从另一种欢乐他们归回南方 / 活着只为

从你升腾的欢乐 /

你给出的清晨好像飞行的小灵魂 /

和你一起给空气以灵魂 /

我爱你因为你是我的家而伙伴们都可以来 /

他们撑住南方的天空 /

他们张开手臂将南方释放 /

从一侧降下怒气 / 另一侧

他们的孩子在攀登 / 他们打开窗子

让全世界的马进来 /

因南方而燃烧的马 /

你的愉悦之马 /

你的温存 / 女人你存在

爱情才能在某处存在 /

伙伴们闪耀在南方的窗子 /

南方闪耀仿佛你的心 /

旋转仿佛星辰 / 仿佛伙伴 /

你只须上升 /

当你向天空举起双手

你给它健康或光芒就像你的肚腹 /

你的肚腹给太阳写信 /

写在阴影的墙上 /

为一个骨头被根除的男人而写 /

写下自由 /

何塞·加尔万的诗

理性的恶魔

催生梦想

——胡里奥·格雷科

说 明

我有义务传播这些诗，它们出于偶然或奇迹与我相遇。诗作者于1978年末在阿根廷失踪，被军人独裁政府暗杀或绑架。他曾被其他独裁政府囚禁和流放，只有寥寥几首诗发表于布宜诺斯艾利斯市某些冷僻的文学杂志上。

胡安·赫尔曼

巢

给弗朗切斯科

在死亡里着陆的伙伴们

嘴里充满了甜橙树

种在他们的黄昏中间 /

他们喂养小树每当

与敌人作战或做梦的时候 /

用子弹的愤怒与回声喂养小树 /

因爱受伤的小斑鸠在枪声中做巢 /

甜橙树敞开枝条落下

一个个黄昏被伙伴们握紧不发出声音 /

好听见将到来的美 /

伙伴们有一小片将要到来的美 /

让她落下引所有人都出来

到街头寻找正义 /

为南方的寒气寻找太阳 /

伙伴们的嘴里充满沉默 /
好像小孩子不知道生命在哪里打盹 /

甜橙树敞开好像窗户 /
伙伴们探出身子看时间流逝
时间把他们的身体变成警钟
对抗来自南方的风 /

别样写作

黑夜踢在你脸上好像上帝的脚 /

从你的死人升起的这是什么光？ / 你能看见

什么在这光的光亮里？ / 看见了什么？ / 小骨头

撑起秋天？ / 某个人

用自己的骨头在世界的墙上刻画？ / 还看见什么？ /

有人在灵魂的墙上刻画？ / 写下

"斗争万岁"？ / 在黑夜的

墙上刻画？ / 写下"灵魂万岁" /

刻下火焰我在其中燃烧我们在其中死去 / 所有的伙

　伴？ / 他们写作吗？ /

在火中？ / 在光中？ / 在光的光亮里？ /

现在伙伴们紧锁着舌头经过 /

在双脚和双脚的道路之间经过 /

经过时被光缝在一起 /

用一根骨头刻画出沉默 /

骨头在写下一个词"斗争" /

骨头变成了写作的骨头 /

王国

应该从必然王国到自由王国 /

从神学到宗教 /

从资本主义到生活 / 从经济诗歌到诗歌经济 /

从饥饿到你 /

到像夜间的浪彼此碰撞的双唇 /

所有人都爱你的眼睛 /

你眼睛的眠床闪耀在一个女人的尽头 /

被你追上的敌人颤抖不止 /

在你后面有太阳 /

有一把火焰的椅子灵魂稳稳坐在上面 /

不期待宽慰或饶恕 /

期待公义的太阳 /

宇宙沉默中吞吃宇宙 /

必死的云雀歌唱 /

请求苦难

陷入它的耐心里 /

你有一只因天空而眩晕的动物 /

在这里分发灵魂 /

为人们分发伙伴

好让他们无数次地做梦 /

胡里奥·格雷科的诗

给罗贝托·马塔

给塞巴斯蒂安·马塔

　　　　　　　　　　对话

"你为什么写作？"一只小鸟问我。

"我哪儿知道"我说。

"你为什么问这个？"我问。

"我哪儿知道"它说。

　　　　　　　　　　　——山之口安东

说明

胡里奥·格雷科于 1976 年 10 月 24 日死于反抗军人独裁政府的战斗。我保存下他的这些诗。

何塞·加尔万

布宜诺斯艾利斯 / 1978

关于诗歌

有些事情不得不说一下 /

没有人会读很多诗 /

这些"没有人"是很少的人 /

全世界都忙着世界危机的事 / 还有

每天吃饭的事 / 这是

很重要的事 / 我记得

胡安叔叔饿死的时候 /

他说都不记得吃饭是怎么回事所以就没问题 /

但问题出在之后 /

没钱买棺材 /

最后市政府来车把他拉走

胡安叔叔好像一只小鸟 /

市政府的人瞧着他带着轻视或蔑视 / 嘀咕着

说老是给他们添麻烦 /

他们是人埋的也是人 / 可不是

小鸟像胡安叔叔 / 特别是

叔叔一路上都在啾啾唱直到火葬场 /

他们觉得很不礼貌很受侮辱 /

他们给他一巴掌让他闭嘴 /

啾啾声飞到车头上他们就觉得脑袋里啾啾响 / 他

胡安叔叔就是这样 / 他爱唱 /

没觉得死了就不能唱 /

啾啾唱着进了炉子 / 烧成灰后还啾啾了一会儿 /

市政府的人害臊得低头盯着彼此灰色的鞋子 / 不过

说回到诗歌 /

诗人们最近日子不好过 /

没有人会读很多诗 / 这些"没有人"是很少的人 /

这个行当失去了魅力 / 一个诗人越来越难

赢得一位姑娘的芳心 /

当总统候选人 / 让批发商信任 /

让战士立下功勋供他歌咏 /

让国王每行诗付他三块金币 /

没有人知道这些是因为我们用光了姑娘批发商 / 战士

　/ 国王 /

还是仅仅因为用光了诗人 /

或两者都是总之白费力

绞尽脑汁想这种问题 /

美好的是知道一个人可以啾啾唱

在一切最奇特的情况下 /

胡安叔叔是在死之后 / 而我就在此时

为了让你爱我 /

永远诗歌

给胡安·卡洛斯·奥内蒂

诗歌应该出于所有人之手而不是一个人 / 他说 /
说这话的只能是个法国人 / 瘸子 /
没人知道他在巴黎公社干什么 /
没人知道他是死了还是不干了 /

所有人都记得他弹琴一直弹到深夜惊魂时刻
吵得邻居不能睡觉明天还要上班 /
黑着眼圈离开公寓 /
只想问候钢琴诗人或诗歌家的母亲 /

又谴责又诅咒每当绊倒在巴黎街道
冰冷的石头上 / 更糟的是
脑子里有一个和弦怎么也摆脱不了 /
他们忙着熔铸钢铁 / 吹玻璃 / 却无法

摆脱瘸子的和弦 /
瘸子放了一个和弦在他们脑子里

从那里放飞怒火 / 清晨 / 预兆 /

有只小鸟从一位铁路工人那里飞过 /

小鸟飞向未来 /

嘴里叼着关于未来的小纸条 /

问题是瘸子的邻居们

都长着钢琴的脸在傍晚中间 /

音乐从他们身上掉下来 /

从金色的琴键展开地平线 /

一个美极了的女人歌唱

在瘸子的邻居们的脑中 / 实际上他不是法国人 /

其实是乌拉圭人 /

只有一个乌拉圭人才会想到诗歌

应该出自所有人之手而非一个人 /

太阳不属于一个人 /

爱情属于所有人也不属于任何人 /

就像空气 / 和死亡属于所有人 / 而生命

没有已知的主人 /

你不是瘸子 / 洛特雷阿蒙 */

你只是离开了乌拉圭 /

从你身上掉下一小块

弹着琴不让人睡觉 /

---

*　洛特雷阿蒙（Lautréamont，1846—1870），法国诗人，本名伊齐
多尔·迪卡斯（Isidore Ducasse），出生于乌拉圭。他是《马尔多
罗之歌》的作者，24 岁死于巴黎。

这样

（巴黎，1983—1984）

雨

今天下雨，很大的雨，

仿佛在清洗世界。

我隔壁的邻居看着雨

想要写一封情书 /

写给跟他一起生活的女人

给他做饭洗衣服跟他做爱

好像他的影子 /

我的邻居从未跟那个女人说过爱的词语 /

他从窗户进到家里从不走门 /

从门走出去到很多地方 /

去工作，去军营，去监狱，

去世界上所有的建筑物 /

但从不去世界 /

也不去女人那里 / 或灵魂那里 /

就是说 / 去那个抽屉或那艘船或那场雨我们称之为灵

　魂的所在 /

就像今天 / 雨下得很大 /

对我来说写出爱这个词很不容易 /

因为爱是一回事而爱这个词是另一回事 /

只有灵魂知道两者在何处相遇 /

何时 / 如何 /

但灵魂没法解释 /

所以我的邻居嘴里有暴风雨 /

遇难的词语 /

不知太阳存在的词语因为它们出生死亡都在爱过的
　一夜间 /

把信留在头脑里因为他从未写出 /

就像两朵玫瑰之间的沉默 /

或者就像我 / 写下词语为了回到

看雨的邻居那里 /

回到雨 /

回到我被流放的心 /

孩子

一个孩子把手埋进他的热度里掏出星星丢向空中 / 没
    人看见 /

我也没看见 /

我只看见一个发烧的孩子闭着眼睛他看见

很多小动物经过天空 / 吃掉他的颤抖 /

我没看见那些小动物 /

我看见那个看见小动物的孩子

我心想为什么在今天发生 /

昨天发生了什么别的事情？ / 昨天孩子从灵魂里

掏出了许多苦痛？ / 我只知道孩子在发烧

他的灵魂封闭被他埋在

自己燃烧留下的灰烬里 /

然而是这样吗？ / 把灵魂埋在自己的灰烬里？ / 一棵
    向阳的树

在窗子后面看着 /

有阳光 /

在窗子后面有一棵树在街上 /

现在从街上走过一个孩子一只手插在裤兜里 /

他很开心就掏出手来 /

张开手放出没人看见的热度 /

我也没看见 /

我只看见张开的手迎着光 /

而他 / 看见了什么? /

看见牛群拉动太阳? /

我什么都不知道 /

我不知道手插在裤兜里的孩子看见了什么 /

也不知道发烧的孩子看见了太平洋的骨头

以及奔腾在他心中所有大海的骨头 /

我什么也没看见 / 什么也不知道 /

甚至不知道我生在哪一天 /

我知道日期但不是我出生的日子 /

或者那一天就是我第 n 次死去的那天?

就是所有死去的人归来

跟我一起死去的那天? / 或者我跟他们一起? /

在这最温柔的敞开的光里? /

那孩子用他手里这光亮做什么? /

当所有人都在这光亮之外工作挣钱的时候? /

被困在这光亮之外看不见这光因为心里没有光? /

心里面没有带着悲苦的爱?

这时候你从未给我写过的信来到 /

儿子 / 你 / 正是出生在这光里 /

你的信带着我不知道的热度 /

我永远不会知道 /

好像小鸟带着你的严肃飞翔 /

你丢在空中的星星没人看见 /

我没看见 / 我不确定的痛苦也看不见 /

你在想着一种比这更清洁的生活 /

一种可以清洗的生活 /

晾在你善良的阳光下 /

这生活充满了面孔好像旅行 /

那些面孔 / 那些旅行哪里去了？

这生活赤裸好像没有岸的海 /

我不能让生活回转 /

回到你的摇篮 /

也不能让生活前进 /

我还不如我吃饭的桌子真实 /

我吃饭为了成为真实就像窗子后面的那棵树 /

这时候一个孩子到树边停住 /

从裤兜里伸出手 /

张开手掌迎着光

心想死亡就是死亡

不过是这样 /

你的手

多奇怪的日子 / 适合呼吸 /
你的双手安息在星期天 /
睡在午后 /
就像两个小姐妹 / 仿佛没有人

会咬她们或留下痛苦
在她们的海滩 / 仿佛大海
走向世界
带着你心灵的新闻 /

仿佛你的手睡着了就暖和 /
仿佛再没有人受苦 /
仿佛我们所有人一起坐下
吃饭 / 是不是很好？

幻想家

希望失败了很多次，痛苦从未失败。因此有人相信，已知的痛苦好过未知的痛苦。他们相信希望是幻觉。他们是痛苦的幻想家。

手

不要把手放进水里

因为会变成鱼游走 /

不要把水放进手里

因为会引来大海

以及海岸 /

让你的手就这样 /

在她的空气里 /

在她自己里面 /

没有开始 /

没有结束 /

十四行诗

你的苍白高悬在夜里 / 好像

月亮 / 是什么意思？ /

黑夜路过一只猫的脊背 /

蟋蟀闪光 / 这是什么意思呢？ /

一个孩子喊叫 / 我有

你的脸颊在我的心上 / 哦高悬 /

杯子就这样向我倾倒 /

你平息我的怒气变为悲伤 /

但我的怒气原本是悲伤 /

怎么了？ / 为什么这样？ /

发生了什么？ / 猫？ /

而你 / 蟋蟀？ /

唯一的路

是路上的尘土 /

协／作

（巴黎，1984—1985）

献给何塞·安赫尔·巴伦特

刻 记

我把下面这些诗叫"协／作"（com/posiciones），因为是我的协同创作，就是说，我在大诗人们几个世纪前写的作品里加入了我自己的东西。显然我不是要把它们改得更好。我被这些诗里的流亡观所震撼，于是就加上——或者说改变，经历，贡献——我自己的感受。就像同代人或同路人？我自己的加上他们的？还是相反？同病相怜？

不管怎样，我与他们对话。就像他们从自己的骨头和词语的闪光中跟我对话。我不知道哪样更值得称颂：他们诗行的美还是鲜活表达的口吻。而二者混成一体，给予我以过往，围绕我的现在，馈赠我以未来。

这就是人类词语的奥秘。无论哪种语言，都源自同一种暗与光之间的飞行，并由此将二者同一：她的光幽暗，她的暗放光。借着每种语言，每个人群，她张口让飞行成为可能，并时刻验证她的迟缓，如何耗尽以及哪些尚待完成。

翻译是非人性的：没有一种语言或面孔会任凭被译。应该让一种美保持原样并加上另一种美来陪伴，失去的合一就在前方。

所谓的巴别塔就是这个：不是根本的失和而是词语的部分科学。现实有一千张面孔，而每一张都有自己的声音。是科学（ciencia），但也是耐心（paciencia）令面孔及其词语从恐惧中挺身，那恐惧将他们捆缚于将他们联合的爱。时间及其痛苦就像耐心般燃烧在黑夜尽头，在那里每个词都是冰冷的星体，将要到来的太阳。

门

我打开门 / 我的爱人 /

起来 / 我打开门 /

我的灵魂贴于上腭

因恐怖而战栗 /

山间的野猪践踏我 /

野驴追赶我 /

在这流亡的子夜

我自己就是野兽 /

所罗门·伊本·盖比鲁勒

（1021—1055 / 马拉加—萨拉戈萨—巴伦西亚）

见证

他们质问那女人竟让头发亲吻她的脸颊

"黄金的正午怎能亲吻玫瑰色的黎明？" /

"美是虚无 / 幻象终将幻灭" / 她说 /

但不是在说自己 /

她的脸颊不说谎 / 只宣告

神的工作深不可测 /

所罗门·伊本·盖比鲁勒

被逐者

他们把我赶出宫殿 /

我不在乎 /

他们把我从故土流放 /

我仍走在大地上 /

他们把我驱逐出我的语言 /

它仍是我的伙伴 /

而你把我与你分开 / 于是

我的骨头消磨 /

烈焰将我焚烧 /

我被从自己放逐 /

耶胡达·哈利兹

（1170—1237 / 托莱多—普罗旺斯—巴勒斯坦）

洗

我在眼泪里洗爱的衣裳 /

晾在你美貌的阳光下 /

不需要水源：有我的眼睛 /

也无需晨光：有你的光芒 /

耶胡达·哈列维

（1075—1141 / 图德拉—格拉纳达—

托莱多—科尔多瓦—亚历山大）

盲人

我想忘记你 / 但

我的遗忘不允许 /

我用冰冷的墓石压上我的心

它依然按你的节奏搏动 /

我是两个 /

一个进食 / 给予 / 另一个

挖掘我的骨头 / 喊叫

爱了 / 就不能不爱 /

耶胡达·哈列维

素馨花

你看那素馨花 /

她绿色的叶子 /

她绿色的花枝如碧玺 /

她白色的花朵如酥胸 /

红色卷须 /

好像皎月般的女人

抛洒一个男人 /

无辜的血 /

撒母耳·哈-纳吉德

（993—1056 / 科尔多瓦—格拉纳达—战场）

失败

战争止息 / 失败者

看着他的废墟 / 他的灵魂 /

他破裂的盾 /

胜利者的高傲 / 漫天星辰

远离了他 /

燃烧如同战争的日子

那时他的心灵出鞘 /

如今用记忆的布擦拭

一度紧握的剑 /

因黑夜而生锈的激情 /

撒母耳·哈-纳吉德

在下方

（巴黎 / 日内瓦 / 罗马，1983—1985）

献给奥罗拉·贝纳德斯

是她介绍我读克拉里斯·尼科伊茨基[*]

写的诗，清亮如火焰

---

* 奥罗拉·贝纳德斯（Aurora Bernárdez, 1920—2014），阿根廷翻译家和作家，作家胡里奥·科塔萨尔的妻子。克拉里斯·尼科伊茨基（Clarisse Nicoïdski, 1938—1996），法国作家和诗人。

注 脚

　　我用塞法迪语*写了《在下方》里的这些诗，在1983—1985年间。我是犹太人（虽然不是塞法迪犹太人），或许这不无关系。不过，我还是觉得这些诗更像是《注释》和《评注》的终点或延续，那两本诗集我写于流亡中，1978到1979年间，里面的诗与16世纪的卡斯蒂利亚语对话。仿佛一心要寻找那时卡斯蒂利亚语的根源，以及我们时代卡斯蒂利亚语的根源。仿佛流亡中极度的孤独迫使我在语言中寻根，语言被流放的最深邃的根系。我也说不清楚。

　　克拉里斯·尼科伊茨基是用法语写作的小说家，但却用塞法迪语写诗。她的诗唤醒了我里面沉睡的，沉默的，随时会醒来的那种需要。什么样的需要？为什么沉睡？为什么沉默？我只知道塞法迪语的句法重新给了我失去的天真，它的指小词里有一种温

* 塞法迪（sefardí）指原居住于伊比利亚半岛的西班牙系犹太人，15世纪末被驱逐后流亡于世界各地。塞法迪语即拉迪诺语（Ladino），是混合了希伯来语等元素的古卡斯蒂利亚语。

情，属于过往却仍鲜活在今日，因而充满了安慰。或许这本书不过是一次对语言的反思，从语言最经煅烧的部分——诗歌。

我附上当代卡斯蒂利亚语的版本，并不是不信任读者的水平。我只想恳请读者用这两种卡斯蒂利亚语大声读出来——或许能听到，在两种声腔之间，某些颤动的时光片段，给予我们自熙德*以来的种种过往。

J. G.

---

* 熙德（El Cid，1043—1099），本名 Rodrigo Díaz de Vivar，西班牙中世纪名将，史诗《熙德之歌》的主人公。

XI

从你身边出发

我发现

一个新世界

在你身边 /

你的岛屿好像灯盏

有一种黑暗 /

来来 / 往往 /

在时间里 /

在你声音里

大海倒下

它难过

为我

XIII

你是

我唯一的词语 /

我不知道你的名字 /

XVI

等我死了

我还是会听见

颤颤声

来自你风中的裙装 /

有人读了这几行诗

问道："怎么会这样？ /

你听见什么？什么颤颤声？ /

什么裙装？ / 什么风？" /

我对他说闭上嘴 /

请坐到我的桌旁 /

请喝我的美酒 /

请写下这些诗行：

"等我死了

我还是会听见

颤颤声

来自你风中的裙装"/

XVIII

一切被称作大地的

是时间/

是对你的等待/

XX

你没有门/钥匙/

你没有锁/

你在黑夜飞行/

你在白天飞行/

被爱者创造将来的相爱/

就像你/钥匙/

颤抖

在时间的门上

XXI

我听见你的声音在我的窗前 /

我的窗子没向你的声音敞开 /

只是微微敞开向世界 /

你的声音是怎样进来？ /

一只雪白的鸟

吃麦粒

低声细语的

是太阳

XXIV

爱你就是这样：

一个要说出的词 /

一棵没有叶子的小树

投下影子 /

XXVI

欲望是一头动物

浑身披着火 /

四只脚特别长

够得着遗忘 /

如今我在想

有只小小鸟在你声音里

拖走

秋天的家 /

XXVII

看着苹果树的时候

我看见我的爱 /

成长 /

没说为什么 /

什么也没说 /

苹果树

好像星辰

燃烧 /

XXIX

我们的亲吻之鸟

没有死 /

死的是我们的亲吻 /

鸟儿飞在绿色的遗忘中 /

我将把我的恐惧放在远处 /

过往的下面 /

燃烧

安静好像太阳 /

给母亲的信

（日内瓦，1984/巴黎，1987）

给特奥多拉

我收到了你的信在你死去二十天之后

在得知你的死讯五分钟之后

/ 信里说疲倦，你的原话，打断了你 / 他们那时候看

　见你状态不错 /

像往常一样利落 / 八十五岁了还很精神

尽管做了三次手术因为癌症

最后把你带走的癌症 /

带走你的真是癌症吗？ / 不是我那封最后的信？ / 你

读了，你回复了，你死了 / 你猜出我

准备要回去？ / 我会走进

你往常不让我进的房间 / 然后我们

亲吻 / 我们拥抱我们痛哭 / 我们

再亲吻 / 呼叫名字 / 我们在一起 /

而不是在这些刚硬的铁链中 /

你 / 在你的死亡里存下那么多时间 / 为什么

不再等我一会儿？ / 你害怕

我生命有危险吗？／你在用这种方式照顾我吗？／

对你来说我从未长大吗？／你身体的某一

部分仍活在我的童年里吗？／所以

你把我驱逐出你的死亡？／就像之前离开你？

／因为我的信？／你早有预感？／

我流亡的这些年里我们写信不多／

以前我们说话不多也是真的／

从很小的时候，你创造的这个人一直反叛

你／对你严格的爱／我含着怒气

和悲伤吞下／你从未用手

打我／你打我用你的灵魂／就是这样奇怪

我们的亲密

我不明白你怎么会死／你为我而在／你在

我的记忆里一片混乱／从我小的时候

突然间变得很大／我没法把你

许多的脸固定在一张脸／你的脸是一阵风／

一股热气／一汪水／我有你的表情

在你脸上有过／是不是？／是我的想象？／或者是我想要

想象？／我记得吗？／我继承了你什么血缘？／

在我怎样的眼神里有你的眼神？／我们分开过

许多次 /

我生下来五点五公斤 / 你躺了三十六小时

在医院的硬床上直到把我带到

世界 / 你留我在里面直到

身体的极限 / 你跟我在里面

相处得好吗？ / 我有没有对你冲动，

搏动，击打，害怕，仇恨，

服从？ / 我们相处得还不错，就这样一起，我

在你里面盲目地漫游？ / 那时候你跟我

说了些什么用你沉默的力量就像

后来一直那样？ / 我那时应该非常幸福

在你里面 / 我会希望永远不离开你 / 我

被你驱逐而被驱逐的又驱逐了你 /

这些是今天我还用来困扰自己的

幽灵吗 / 到我这个年纪 / 就像我在你的

水中漫游的时候？ / 所以我如此盲目，认知如此

缓慢，仿佛仍不愿意，仿佛

还在意的是我被迫离开的黑暗

从你的肚腹或家园？ / 巨大温柔的

暗影？ / 在那里远处的光亮不会用

世界-石头或痛苦来惩罚？／是紧闭双眼的
生活？／所以我才会写诗？／为了回到
将诞生一切词语的腹中？／借助
纤细的纽带？／诗歌是你的幻象吗？／你的
痛苦和你的欢乐？／你和我一起毁掉
自己就像词语中的词语？／所以我才会写诗？／
我这样毁掉了你？／你永远不会从我而生吗？／词语
是联结我们的灰烬吗？／

你把我们分开过许多次／那些是分离吗？
／为了仿佛第一次那样相聚？／
是这不可能的事让我们冲突？／为那个
你在内心埋怨我？／所以你才那么悲伤
在那些傍晚？／你的悲伤让我无法承受／
有时候我甚至想为此而死／我不是也有了
自己一小段生命要活吗？／就像
随便什么动物？／所以我才悲伤？／通过
你的悲伤来冒犯不公正／世界的
丑闻？／

你一直知道在我们中间的是什么但你从没
对我说过／是我的错？／我一直在埋怨你

把我从你自己驱逐？／这才是我

真正的流亡？／我们互相埋怨的那份爱

在一次次分离中彼此寻找？／点起

篝火为了看清距离？／每一次

错过都是上一次相聚的

证据？／你就是这样测定永恒？／

和平是怎样的遗忘？／为什么在你所有鲜活的

面孔中我唯一清楚地记得的是

一张照片？／敖德萨，1915 年，你十八岁，

学医，饿着肚子／但你的

脸颊上长着两个红苹果（你是这样

对我说的）（饥饿之树结出果实）／那

两个苹果红得就像排犹屠杀

的火焰吗？／在你五岁的时候？／你的母亲从着火

的家里抢出了好几个孩子？／你的

小妹妹死了？／尽管这一切／因为这一切／

你／格外爱我？／你想让我当你的

小妹妹吗？／所以你给了我这女人，在我里面／

在我外面？／这是什么传承，母亲／那张

照片在你美丽的十八岁／你长长的

头发蓝黑色好像灵魂的夜／分成

两半／那条连衣裙显出你的

胸部／两位女友坐在你脚边／你

看向我的眼神让我知道我爱你

无可救药地爱着？／

爱就这样旅行／从存在到未完成／从存在

到存在于你的美丽中？／从你旅行到我？／现在

旅行／在死后？／我们什么也不能问只有

这一直打击我们的爱／以它

无法重复的一致／为了让我们不忘记

痛苦？／拉韦洛市场上的两个小孩子

抱着一只小母鸡，吆喝多么便宜

带着母亲的神情，其实自己刚离开

母亲？／为什么你出现在玻利维亚的

市场？／每一次痛苦中都有你吗？／你熄灭了太阳

让我安睡／

你能拿去我的生命吗？／我也拿不去你的？／

所以你惩罚我吗？／从你的胸前／你

不容辩驳的要求出自我们旧日的爱

就像在你的腹中航行时／

你永远对我两面／你需要我又把我

从你身边赶走／为了让我们学习成为他人？／
每过一阵你会给我们一个和平时刻：
那时候你让我给你慢慢梳头你也
在我里面而我是你的情人以及／你的父亲？／那个
拉比或圣徒？／你所爱的？／胜过爱我？／
你逼迫我是因为我做不到像他一样？／
我怎么会像他一样？／你喜欢的是另外一个我？／
远离那种痛苦？／为什么已经不存在的东西
那样鲜活？／我从未拼合起你的片段？／每次
回忆都耗尽在自己的火中？／这就是
记忆吗？／是叠加而不是概括？／枝叶而不是
树木？／没有眼睛的脚，没有时辰的手？／从未？／
不会湿的唾液／就这样联结起灵魂的
纽带？／你是痛苦，对痛苦的怕？／

被分离的是什么？／我在你鲜血里写作的
手指？／我没成为你而成为你？／而你，不曾是
另一个？／多少次你看着排犹屠杀的
火焰当我因你而成长，你进入森林
那里有我从未听过的夜莺歌唱，你和
我从未成为的人玩耍？／我们一起出生在两个
不同的港口／我们懂得盐

181

的区别 / 你和我被两种盐造成

同一片陌生的海 /

你把我造成另一个 / 不要因此再继续惩罚我 /

我因此继续惩罚你？ / 然而 / 什么

时候 / 我成了你？ / 你在我里面 / 我的你？ /

那我们还能改变什么？ / 我们可曾改变过

哪怕一次？ / 我永远不能清算外祖父的

饥饿？ / 画像上一双浅色的眼睛

主导你房间 / 真正的爱能改变什么？ /

或者在里面推动我们成为

自己？ / 让一个在另一个里面？ / 回响在

黑夜所有的部分？ / 好像两块石头

直面天空？ / 飞鸟和树木？ / 当飞鸟落在

树上，谁是飞翔，谁是土地？ /

谁落入黑暗？ / 谁升入光芒？ /

怎样的欢乐变为伤口？ / 你成为我随身敞开的伤口？ /

为了让我们再一次联结在一起？ / 这受苦的

爱？ /

你把我变成两个 / 一个和你一起死了 / 其余的就是

现在的我 / 脐带的身体-灵魂在哪里？ /

载着我们在哪里航行？／厌倦了

坟墓的母亲：我接纳你／我存在你／

爱能在阴影中交易吗？／我还能再一次

梳理你温柔的头发／我的手安居的

深林？／在你的芬芳中沉思？／魅力

凝结在迟缓的相似处？／你不可能地

爱我？／你这样确认我

于怒气中？／那倾斜傍晚的港湾你常常

回返？／你如今向哪里航行如果不是在我里面／

朝向我？／孤独的港口？／我头脑中的每片海

的美／泡沫的伤口／灵魂／

我不知道这是什么伤／你的孤独在燃烧／

给我你骨头的怒气我将摇晃／你为我摇动摇篮我为你

　晃动骨头／谁能

让离开故乡的人离开母亲？／你回不去的时间／

你从背后扯下的海／你的乳汁

集合我看不见的诸天／乳汁充满了

干渴／你的乳房沉默／就像耐心／

因往昔而趔趄的小马群／充满被拦截的

草原／因我对你的贪婪而破裂／你这样

举起我 / 放下我 / 无情地爱我 /
你柔情的凶猛襁褓 /

或者我是你的疲倦？ / 我责备你将我
驱逐？ / 这最深沉的责备将我们联结 /
再也不能找到爱？ / 你不愿意我走向
海与航行远离你？ / 因你而成的
时间？ / 或许你不喜欢我成为另一个
当你孕育的时候？ / 这一体的又一次合一 / 你
两种血脉的全权女主人？ / 你可曾觉察
你为我们造成的恐惧，母亲？ / 用你的权力 / 你的
清醒？ /

还有哪些账单要我付清？ / 哪些我不认识的
债主要应付？ / 我需要一个个遍尝你的
痛苦好知道自己是谁 / 我是谁当我们
肉体分离 / 你分娩生下的苦痛
动物 / 我的女奴 / 无视我奴役
你的女奴 / 但那些奇迹里你让我
成为儿子而我让你成为母亲 / 你切近的距离 /

你偶尔会为我戴上生铁的围嘴吗？ / 你

有时会热情亲吻我吗？／在你的热情里

是怎样的热情？／你就不能停止死亡来

告诉我？／你不愿意打断？／你

在自己的消失中走了那么远？／你会回到我的

无助吗？／我的爱那么艰难？／我给了你一个灵魂

另一个把你流放到我的旷野？／你不能

让我死而活在温柔的囚禁里／不给我

诞生的机会？／我的诞生，或许平息了你

杀死我的欲望？／你原谅了我又没有

原谅？／你就这样与自己的影子搏斗？／

就这样你把我做成你的影子属于另一个身体，你

给了我你的乳头／紫色的原野／在那里放牧着

一种颤抖？／抵抗恐怖的屋顶？／和平唯一的

盖布？／不是我们两个一起纺织的吗？／在清晨

落在院子里没有别的

荣耀？／从你升起的白色？／纯粹

阳光下你血液的露珠？／自下方无尽的

雨？／我曾是雨的动物？／我

曾用嘴玷污你的乳房？／你有时喂了我

苦涩的奶水？／你忘记了我不愿

吃奶的次数？／那时候在你灵魂的深处

有怎样的感觉？／那汁水，让我在傍晚变得

凶悍？ / 你相信自己在死去吗？ / 在我

死去之前？ / 你写在我身上的

神情将会暗淡？ / 你印下的

命运？ / 在我对女人的爱里？ /

你在她们身上延续？ / 在你那里

拥有了我又离去？ /

我究竟对你意味着什么？ / 当我离开你时

你怎能容忍我？ / 不了解你，就是

我对你的了解？ / 我不知道你沿着怎样的天空旋转 /

我知道天空在我里面旋转 / 最终你根本无法

让我幸免 / 我不是没有你而是属于你 / 你不要

为这个责备我 / 你后颈的白色仍然给我

以温和 / 我落在那里的吻 / 这和谐的奴隶 /

多少次世界在那里为我停止？ / 多少次

你在那里止息了不公 / 母亲？ / 多少次

世界冻结了你的乳汁 / 那怀抱

我的 / 拒绝我的 / 向你要求

解释的？ / 已经太孤单 / 太晚 / 又

太早？ /

在这个傍晚 / 不也充满着您吗？ / 以及

爱我的次数？／街巷深处歌唱

的声音／不是您的声音吗？／腹中的颤抖，我们仍在

一起？／这艰难的爱是什么／如此温柔地

属于你／你火焰的雨／你木头的火／火焰

写在火里用你最后的小骨头／火热

站立在夜里？／高悬？／你在我灵魂里呼喊什么？／

但你不是向我呼喊／你的上腭深入阴影

的帐幕我感到冷／多少次你感觉到

我的冷？／你在看我时为自己而惊讶？

你眼中我难道不是怪物中的怪物？／被

你亲身创造？／你是如何做到爱我？／

你喂养这作品有悖于自己的

黑暗？／当我张开嘴，你没有呼喊？／

你的舌头没有被我的舌头吓坏？／你的

唾液里没有一座惊恐的花园？／我播种／

我培育／我用你-我的血浇灌？／我在你里面

杀死了什么在你生下我的时候？／我的不幸下到怎样的

深度？／我们无尽的相聚／再也

没有／再无可能／直到永远？／从你

到你的乱石滩上我的膝盖淌血？／

那时你在我的摇篮边为太多事情哭泣／还有

我的热度／你狂野青春的热度？／

这样你将我的小骨头与你的永恒混合 / 你的
亲吻如此温柔在你抛下我一人面对世界
恐怖的夜里 / 你也这样寻找过
我吗？ / 你要的只是恐惧中的兄弟吗？ / 在
一片惊恐的尿布里？ / 或者只是我的感觉？ /
这只手在哪里沉陷 / 哪里终结？ /
你写作，我的手，是为了让我知道？ / 你比我
知道得更多？ / 你触碰我母亲的胸部当我
还是只小动物 / 你了解我已不记得的热度 /
我不会知道的婚礼 / 你在怎样记忆的地下
耕耘？ / 我是看不见自己根系的植物？
/ 植物能看见根系吗？ / 能看见天空吗？ / 被推着向前？ /
就像你，母亲，推着我向前？ / 我的手，属于
你多过属于我？ / 感觉到你的乳汁或
我错失的月夜？ /

而我的嘴呢？ / 吮吸了你多少灵魂？ / 我的
嘴何曾是你的节日？ / 我的双脚呢？ / 你
看着我的脚要看出我的道路？ / 你的
柔情呢？ / 是你的旅程朝向我的旅程？ /
你被由爱而生的怕包围？ / 害怕

188

我走上你的道路？／为什么我们从未

联结好我们的内与外？／我一直在你身体的

外边？／你干枯的乳汁湿润我的灵魂／现在我

是它了吗？／它是我了吗？／你从未向我提起的鸟

要做些什么工作？／让我们一起

飞翔？／翅膀是我／飞行是你？／你

强迫我成为另一个而你的原谅撕咬着我的

灰烬／或许我可以延续你的美？／

而不是把它变为痛苦的身体／从你的

后颈流亡的舌头？／我曾多么爱你

后颈的缺席为了不再疼痛？／要还给

你吗？／还给这世界所有可能的温柔？／

我熟悉却不能说出口？／没人

能复制的肚腹？／充满奇迹，以及

大绝望？／成为河流，经我的双脚解体？／

你-我的遗忘那么艰难？／大有权力的你，我才是那个

死的人？／顶着你的名字？／你为什么敞开

又关闭？／为什么你的脸仍在双重

血缘中／闪耀？／

我经过你走向白昼的美／你经过我

走向深沉的夜／眼睛被掏出因为

已经没什么可看 / 只剩那轻微的响声

毁掉了我让你痛苦的东西 / 现在你

安静无声 /

我们的爱是怎样的？ / 这份爱？ /

他们将要用风信子覆盖满是面包的桌子 /

但没有人

会对我说话 / 我被联结在你的最温柔 / 我给你

最盲目的动物喂食 /

你与谁休战？ / 你？ /

你所有的裙子都已泛白 /

床单把我抚平而我无法入睡 / 你

在我里面深深地自我憎恨 / 在我一生中你播下的

没药与乳香已长成 / 让

香气环绕你 / 伴随你的魅力 / 让我的灵魂

预备你向空无的行程 /

我仍采集你会留在这里的百合花

为了看见你的爱的双重面孔 /

摇你的摇篮 / 洗你的尿片 / 好让你永远不再

丢下我 /

不告知 / 也不商量 /

我与你分离时你曾放声号叫 /

愿我们无须再彼此原谅 /

不敬者的酬劳

（巴黎 / 日内瓦 / 墨西哥 / 纽约，
1984—1992）

给玛拉

速死对不敬者而言是太轻的惩罚。

你将被流放，游荡，远离出生的土地。

这就是不敬者应有的酬劳。

———伊壁鸠鲁

动物

我和一只隐秘的动物住在一起。

我白天做的事，它晚上吃掉。

我晚上做的事，它白天吃掉。

只给我留下记忆。连我最微小的错误和恐惧

也吃得津津有味。

我不让它睡觉。

我是它的隐秘动物。

重量

词语的重量来自延展的肌肤，怒气或痛苦，童年。
深处的空洞，倚靠在风中。

荒野

你这荒野动物，记忆，你吃掉的草地不再生长。

镜子

灵魂你只在镜子深处看见一头受伤的动物：已停止喘息。

幻觉

石头想成为石头，而我，想成为你。我的自我意识好像幻觉，觉得我是他者。

光辉

你的甜是一种行动。或光辉，定牢了记忆，令它从黑夜的刮除中幸存。

词语

栖息在阴影中的是将为你命名的词语。为你命名时，你将成为阴影。你将在口中噼啪作响，它失去你只为得到你。

好像

你好像那花岗岩的佛陀，在盘子里接受了一个孩子
所能给出的唯一供奉：一抔路上的尘土。

不完整

（墨西哥城，1993—1995）

活人做不了死人的工作。

———西班牙犹太人古谚语

"光芒在哪里指明……"

光芒在哪里指明

一切不过是飞鸟的影子 /

却没有飞鸟 / 水的

声响却没有水？/ 在哪里

飞鸟与水好像石头

砸向世界散落的伤口？/

在这地面上我是

影子的影子而在名字里它们是

乌有之词 /

值得

（墨西哥城，1996—2000）

值得痛苦[*]

——弗朗西斯科·乌隆多

---

[*] 诗集的名字源于此处的引文 Valer la pena，这一短语常见的意思就是"值得"，而这里同时取字面义"值得（付出）痛苦或辛劳"。

口水

战败者穿着空无的套装。如今
这是一个荒谬的记号？乌托邦
在他们的脑子里冻结？
他们出现在伤心咖啡馆，
讨人厌，说话时
带着一种被摧残的亮闪闪
在未关闭的嘴上。激情
还在吗一心去强暴世界
而不被世界强暴？坚持
抵抗愚蠢？或者闭嘴擦干净
时代落在头上的口水。他们写下的
东西没人能看到。
他们有未说出的名字
在已平静的骨头上。

怎么？

安德烈娅怎么会知道诗歌没有身体，没有心
在她女孩子的呵气里经过或可能经过
还说起从来不说的事情？
在口中凝结了世界
在安德烈娅从不知道的过去之光里
她的记忆是一座新房子
那里将生活着其他的面孔，
其他的黎明，其他的哭声。
这样更好。
现在沉没的一切，这自我消解的时代，
对她将会是可遗忘的泛黄书页。
有一天她会知道存在和她一样的人，
在想象和真实之间。
啊，生命，怎样的清晨
当你最终停止写作！

内心

你在那里么，祖国？词语
前进并撞上
它启示的空虚。
它有发烧的骨头，是
一个无人写下的模糊的梦。
今天早晨真肮脏。
嘴巴在此处雪白
到第二天就被斩断
脱离它虚幻的内心。

抹除

致一首爱德华多·米连[*]的诗

我的爱有两种不同的形式：
当下的日子和过去的日子。
一只鸟从窗子里飞进来
一切都中止，爱情，
被爱者，一切都飞行
从今天到以后，到你的头发
它将黑夜变蓝就像
你的手
抹除命运的惊恐。

---

* 爱德华多·米连（Eduardo Milán，1952— ），乌拉圭作家。

归来

这么说你回来了。

仿佛什么也没发生过。

仿佛没有什么集中营，没有。

仿佛二十三年前

我没有听见你的声音也没看见你。

绿色的熊回来了，你

长长的外套回来了，还有我

这位当年的父亲。

我们回到你不停息的儿子状态

在这些永不终结的锁链后面。

永不停止吗？

你的停止永远不会停止。

你回来了一次又一次

我不得不给你解释：你已经死了。

报偿

他写着，把自我从自我中驱逐。于是他没梦过的梦以及居住在他空虚中的一切都成为可能：怪物，天使，认不出他的造物（他也无法用被切掉的手触摸。）

旅行

诗歌里有清洁词语的油。比生活更黏稠，留下印子在我们身上，尽管我们不配。滚烫。那是她在工作，把过往还给过往。

煤气开关

诗人的妻子注定

要阅读或聆听诗人

那些热气腾腾

刚从灵魂中出炉的诗。还不止：

诗人的妻子

注定要忍受诗人，那家伙

从来不知道

煤气开关在哪里却假装

询问在哪里

其实他在乎的只有

那些没有答案的问题。

关于《煤气开关》的注释

诗人的妻子

对《煤气开关》那首诗很不满意。

她看不出为什么词语的元词语，

或者词语的歧义性，

或者词语产生的创伤，

会妨碍一个人记住

煤气开关在哪里

以及怎么开关煤气。她很有道理。

是诗人错了，因为

词语的开关，我们姑且这么说，不能开

也不能关，甚至只能假装不存在，

更不用说它的元词语，伤人的歧义性或空虚。

厨房里的现实让人放心，

开关能开，也能关，运行正常

这些功能完美证实了

存在着能开能关的东西，

它们从昨天起一直在我脑子里回响

而我却关不上。

丧家犬

诗歌不讨食吃。它吃的是
没有廉耻或不知羞怯的人
半夜里给它的
残羹剩饭。
神圣之词已不存在。诗歌
还能怎样，除了
给什么就吃什么？
然后在这儿叫上几声
没人理会，不过是
冷漠城市里的
又一条丧家犬。

秋天

既然诗歌的血管并不是
所有交通工具
穿行的动脉，我
问自己
在什么程度上
这韵脚会干扰疑问。
实际上，我想说的是逝去的
秋天。秋天不会去想自己
黄金岁月的轻盈或重量
秋天根本不思想。
于是我押上了韵又自问
为什么我要想着他，
逝去的秋天，带走了
旧的痛苦又给我带来
新的痛苦。我要
继续写这首诗在一条
让我远离他的街上。

再会，诗歌，再会，秋天，

再会，胡安·赫尔曼，

对我来说多余的一个。

雨下在

熟悉的墙上而谁知道

我被困住的手要去向哪里

它没写出自己的地址。

确定

这首诗围着房间打转。

笨拙而固执，他说。

他看看词语，但

不让词语看自己。这样

他哪里也去不了。怎样的雨

会睡在一条狗身上？

没有。他将感觉

比一条狗更孤单。日子

将到而他将松一口气

在阳光下暖和起来。城市

将归回疯狂

在又一处胸口。没有人

应该在九月受苦，他说，而

黑夜在等待。

伪装

下雨了。咳嗽

一般的潮湿中止。

一只画出的雌猫在思考

而这并不能改变世界。

需要怎样做才能

让仇恨去其他地方？

歌唱的邻居是一个错误。

其他人伪装成其他人

为的是不让我知道我是谁。这情形

天天发生。解释了

我的双手为何失声。

逃离

词语的速度不是

血的速度而我不知道

谁背叛了谁。地平线

怎样凌驾于

词语，在何时凌驾于

将改变一切的等待的队列？

黑夜下落安慰降临，

但下落对我来说不是安慰。

我停在惊恐中

而白昼的脸庞在歌唱

我不知道谁在说谎，他们还是我。在深处经过

逃走的动物

速度惊人。

任凭落下

这首诗，于虚弱

或狂怒状态，任凭

它的影子落在世界上并拖拽

给流浪的鸟，鲜血里

睁开的眼睛，空中的

瘟疫，爱情的

惊吓。于是傍晚

向着空无的飞翔呈现金黄。这首诗

诞生就不再说话。

在街上结结巴巴

好像一个盲眼的白痴。

解释

一个法国人解释说

每个人里面都有原子弹。

但他没提爆炸的时间，没去

看那些尸体

每个人里面都有而且都长着

跟本人一样的脸，

孩子的脸，谁知道呢。

没有人给自己生产氧气

所有人都戴着面具，不是

因为害怕死亡，而是

因为害怕自己的生命会杀死

自行解体的

组织碎片。那些

工作令人悲哀。他们轻轻

咳嗽，自我感觉

好些但从未

释放野兽在忍耐的夜晚。

试探黑夜

（墨西哥城，2000）

舞蹈

他试探黑夜在一个没有未来的街角。
从白色的月亮水
到古老的秘密，
失去了读过和写过的一切
在与失误的交互中。
那失误就是他么？
当痛苦等同于虚空
将为不存在的爱情而疲惫
将在他的太阳穴盛开时间
仿佛被揉皱的玫瑰一朵。身体
将被缝于自身的过往
将被告知可能之事
发生在未发生之处。于是
他将看见美
不完整的根基，他动物般的幸福，
他不确定的真理好像有人
在广场跳舞，在那里世界
变得阴柔而他自己分开暗影
用他已不存在的手。

月亮

他写是因为
生活在写他而他相信
自己在写生活
不知道的事情：秋天
擅长等待，
痛苦因为能感受痛苦，
鸟儿飞行
在当下时刻
为了把这一刻变成过去。
形象组成世界
而太阳令城市变得金黄
仿佛暖热的面粉
在我的房间里烤面包。
存在等于一无所有。
暮色落在词语上
词语漂在可见之物上
好像一轮月亮。

终而复始的国

（墨西哥城，2001—2004）

失去的乐园从未被抛在身后。

在前。

——普瓦捷伯爵纪尧姆*

---

* 指普罗旺斯诗人纪尧姆（Guillermo de Poitiers，即 Guilhem de Peiteus，1071—1126），又称普瓦捷伯爵，阿基坦公爵九世，被认为是最早的"游吟诗人"。

边缘

痛苦远远

看见自己的动物，刻下

它不确定的知识在墙上

在那里没有人留下影子。

寻找我的

是没有拒绝

收割芒刺的人。没什么

比自己的往昔更沉重

在梦之梦的匮乏中。

他们用没有尖的铅笔书写

在未受伤的边缘。

知道

我走过那棵在冬天开白花的树

就知道

我会死在它之先。

在我门口的阳光里

将到来的往昔

金黄一片。

她

随手丢弃种子的那个她，

翻阅着黄昏，读着。

她没意识到

自己身体的快乐

当光线敲打床单

床单沉默而她

敞开日子，微笑

仍投下影子。

她带来梦的洞穴

洞里涂画的野兽

没人能猎取。

诗

像小偷一样进来，偷走不幸，带走
我死在其间的街道，
假装是一座
没有行旅的车站，坠落
之吻的避难所。
诗做了些什么
对没有微风的大地，
不属于任何人的郊区？
春天不在他温和的手帕里
仿佛一种赤裸。证明了
痛苦的存在并完成了
从不的应许。
所有的错事
在诗里面歌唱。
今天晚上。
儿子，你可以来。

某个

在今天死了一名出生六周的男婴

（不好意思，借用了法医信息）。

发生在阿根廷

（不好意思，透露了地理信息）。

这是当天的第二十七个

（不好意思，引用了统计信息）。

某个或许能成为兰波的人。

诗歌的材料不是诗歌

并且常与自身的幻灭相遇。

那些我从未登上的丹麦船只。

口中含着的石头说

就这样，火被

母亲们遮盖

她们不吃饭却杀儿子，那些迷失的唇吻。

没有亚麻地的歌

落在紫色的黄昏。

让诗歌远离的材料是一个世界

它生养盐的诸多名字。

观点

在冷漠状态中

写下的诗

有一个优点：是在

冷漠状态中写下的。这里无关

对邻人的仇恨，也无关

被缚于自己仇恨的邻人

尽可以赞颂风景的各种美。

赞颂（alabar）是一个奇怪的词，包含了

翅膀（ala）和酒吧（bar）

酒吧里的锡器没有声息。

没有血的诗歌

有一个优点：

它们没有血，也没有

致命的或不朽的晃动，没有

凡人的不完美，

不干净。这一点达成

就世界静好。

奉行这一准则的诗人们

毫无疑问写了很多漂亮的诗，

应该为他们立一座

盲目的塑像没人能看见。

他们的不存在就很美。

一切都很好除了

一切不好的东西，无人触及

远离写作，远离，

在一首低声的歌里

国家

如果痛苦好像一个国

那就像我的国。双手

空空的人裹住自己

用一只卑微的鸟

它毫无办法。

一个男孩用指甲

划出不停止的雨丝。

在即将到来之事上赤裸。

一个幻象唱到半截

一首出错的歌。

信

猫，低贱，肮脏，独自

在街上闻着一封信

某人从自己的血里掏出来。它

看了看丢弃的词语，闻了闻

词语应该去闻。就像它，

凑近看很远。

信丢在那里，

被黑夜舔过。

猫看了也闻了。

再没有其他人。

世界着

（墨西哥城，2004—2007）

那声音鸣响

受造万物呼应。

——宾根的希尔德加德[*]

（1098—1179）

帕科

你的脸出现

在一次谈话中。你躺在

一次谈话中 / 你的

光闪耀在一次

谈话中。你一定

跟你的死亡聊过很久,

海中的两条鱼。

那边有些什么?你家门口的桥上

有冲动经过,响亮的

生命写在

你歌声的骨头上?

有狗吗,有遗忘了吗?

夏天照料你的忧伤。

我们回头见。

苹果

苹果孤零零在盘中，

没有了乐园能做什么？没人瞥见

他苦涩的疤痕。

是在问我吗

秘密去了哪里

如何穿过那么多紧锁的

门，暮色深沉

而坚定，脸孔

在做梦，做梦，做梦，

过往的失落都无动于衷？

在角落里，风

摇动树叶的影子。

周围

喂，老师，路易斯佩德罗华金，

您，是谁？为什么

好像我冬天的狗，

谁也拦不住它们

撕咬我的命运？这一切

问我是谁

在赤裸的歌之间。

曙光被分割的斑点

问我曾是谁。

曾是我吗？秋天

用叶子盖住了

这精彩的问题。我离开

并无纸上的韵脚

没入雨丝的飞行。

在我与我之间有

多次中断而

我看着另一个我好像小偷

偷了自己。

一只猫穿过街道

从我和我之间。

衬衫

触摸我衬衫的光

对我一无所知。我接受了她，

但谁能配上她。

把天空放进火里是

这时代的状况一种，而年鉴

在自己的纸上假装无辜。

野蛮人操控其他人

的痛苦，刺伤

不愿到来的星辰。

伤心人在他们的洞穴里期待什么

床上覆满了

惊吓，害怕，一夜夜睡在上面？

不该存在的世界与

没有神的清晨交谈。

床

在半荒芜的床上躺着

你蓝色的香气。我的手

绊倒在

空虚 / 你的脸庞。

奇偶

诗行的音乐

应该是奇数，魏尔伦说

在一个绝望的巴黎

绝望是因为缺乏对魏尔伦的爱。

孤独是母亲

反对八音节

和十音节，老乡们。

你们早该知道，你们

单独面对自己

在一张充满不可能的

纸上。

在这种状态下，灵魂

不与心灵的韵脚

押韵。她被吸纳

在空虚的律动中。一只猫

自告奋勇成为诗。

沉寂

给玛拉

爱的浪潮

从我的身体到你的

是一首人之歌。

不歌唱，她飞翔在

你的嘴唇与我的夏天之间

在你的烈阳下。日历上

没有今晚这一页。

你的泉源

如酒倾倒在杯中

世界沉寂了所有的不幸。

谢谢你，世界，为了你只是世界

不是任何别的东西。

乞丐

硬币坠落

和他缺少灵魂的国家一起。

没有人活在小学生

唱的国歌

与已然远去的荣耀中。

静止不动,

权力敞开深渊

在每个人,唯一的声音里。

谁能认出自己的一半

带着梦幻的温甜?

梦想是这样一件工作

在其中并不分隔

大地和天空。身体看着

双手,本该触摸

将到来的秋天,

秋日明亮,而幸福

让我沉默隐藏。

薄雾

痛苦的薄雾和它野蛮的夜晚

让形状干枯，维纳斯的

颜色在夜的上空。有气味

像苦难或习俗

从不眠之床下

穿过然后展开

思考。在我们

清洗面孔的水里

发生了什么？

去问问

阴影的狂笑声。

今天

（墨西哥城，2011—2014）

给玛拉

我从不知道那块石头是什么。

——西西弗斯

I

远去的生命留一口气在手里，亲吻这只手是徒劳。好好待它，女士，不要弄错你加热后端上的菜盘，梦想，外套，黑暗，光亮，重复的信念，一天之中的痛苦，应当留存的美。

XXII

给保拉

资本主义忘记了何为节日。它从不会面对火坐下跟火说话，把仇恨，战争，玉米或巧克力，罪孽的纽结丢进火里。它禁止一切从苦到甜的通路，禁止焦虑消失，双月之间突兀的梦。它不相信欲望能看到自身的缺陷。它凭靠的是他人的金子，打造不存在的各式永恒。

LVI

死亡不解释自己的文本，不去读要带走的东西。即使是"五月基地"[*]中某个刚成为母亲的囚徒，她被蒙上眼睛看不见自己的孩子。即使是一只心怀愿望的知更鸟。即使是一个触碰到音乐肺腑的年轻人。即使是把时代变成不可说的人。即使是一个在心中哭泣的人的痛苦。

CLIII

弥留的蜂鸟闪耀如珠宝。她飞行的光芒，她的不安，她的面具，死亡的第三人称，在月光下短暂。她的离去多迟缓。瞬间的炽烈把幽暗的土地变为一夜尘埃的不眠。时常会想到词语在人类的追踪中漂游去了哪里。

---

[*] "五月基地"（Campo Mayo），位于阿根廷布宜诺斯艾利斯大区的军事基地，1976—1982 年间建有臭名昭著的拘留营。

如果？

　　如果诗歌是把你咬出血的狗的遗忘 / 是虚假的美味 / 是 E 大调赋格 / 是永远不能说出的发明？如果是街道的否定 / 是马粪 / 是锐利眼眸的自杀？如果随处可见但从不出声？如果诗歌？

图书在版编目（CIP）数据

试探黑夜：胡安·赫尔曼诗选 / （阿根廷）胡安·
赫尔曼著；范晔译 . -- 北京：北京联合出版公司，
2024.4（2024.6 重印）
ISBN 978-7-5596-7381-7

Ⅰ . ①试… Ⅱ . ①胡… ②范… Ⅲ . ①诗集－阿根廷
－现代 Ⅳ . ① I783.25

中国国家版本馆 CIP 数据核字 (2024) 第 036855 号

北京市版权局著作权合同登记号 图字：01-2024-0993 号

Obra editada en el marco del Programa Sur de Apoyo a las Traducciones del
Ministerio de Relaciones Exteriores, Comercio Internacional y Culto de la
República Argentina
阿根廷外交、国际贸易及宗教事物部"南方计划"翻译资助作品

试探黑夜：胡安·赫尔曼诗选

作　　者：〔阿根廷〕胡安·赫尔曼
译　　者：范　晔
出 品 人：赵红仕
策划机构：明　室
策划编辑：赵　磊
特约编辑：赵　磊
责任编辑：龚　将
装帧设计：山川制本 workshop

北京联合出版公司出版
（北京市西城区德外大街 83 号楼 9 层　100088）
北京联合天畅文化传播公司发行
北京市十月印刷有限公司印刷　新华书店经销
字数 135 千字　787 毫米 ×1092 毫米　1/32　8.75 印张
2024 年 4 月第 1 版　2024 年 6 月第 2 次印刷
ISBN 978-7-5596-7381-7
定价：62.00 元